人生をやり直した
令嬢は、
やり直しを
やり直す。

エルクス・ライト
・ローディア
不老の大神官。
アラン・ディクス
伯爵家の三男で騎士。
レグルス・
デ・アルヴェニア
いろいろ拗らせている国王。
ユークディア
・ラ・ミンク
聖女。レグルス王の婚約者
デルマゼア・
ラ・ミンク
ミンク侯爵。
ユークディアの父。

リュジー
悪魔。人間を観察して、
条件付きで干渉する。
キーラ・ヴィ・
シャンディス
侯爵家の一人娘。
国王の元婚約者。
主な登場人物

Contents

人生をやり直した令嬢は、やり直しをやり直す。

川崎悠

イラスト
キャナリーヌ

1章　この愛が消えてしまうことはあるのかしら

「おめでとうございます！　レグルス王！　新たな王よ！」

民《たみ》の歓声に包まれながら、レグルス王子は……いいえ。

戴冠式《たいかんしき》を迎え、国王陛下となられたレグルス王が手を振る。

「……」

そんなレグルス王を、私は離れた場所から見つめていた。

王子の頃からの婚約者という立場でありながら、民の前に立つ時も、貴族達の前に立つ時さえも、彼の隣に立つことも許《ゆる》されない、私。

「キーラ様。陛下に花束をお贈りください」

「……はい」

神官から手渡された、祝いの花束を手に持ち、おそるおそるレグルス王に近寄る。

「陛下」

「……なんだ」

振り向いた彼の表情は、民に向けるものから一瞬で切り替わり、嫌悪《けんお》なものへ。

憎悪すら含んだ鋭い瞳が私を射抜《いぬ》いた。

「おめでとうございます。王国の太陽に、この花を捧《ささ》げます」

彼に温かな言葉など、期待することはない。そんな心など、とうの昔に擦《す》り切れていた。

「……チッ！」

私にだけ聞こえるように舌打ちをするレグルス王。

私が手渡した花束を受け取り民に掲《かか》げると、また一層の歓声が響いた。

民に向けては、にこやかな対応をしたあとで。

――バサリ。

花束は、民には見えない場所で地べたに捨てられ、踏《ふ》みつけられた。

「……汚《けが》らわしい。お前の持った花など。思い上がるなよ、キーラ」

すれ違いざまに、そう私を罵《ののし》るレグルス王。

「……思い上がるなど」

「黙《だま》れ」

私には言葉を返すことすら許さず、レグルス王は去っていった。

そして王宮の中に入った彼のもとへ、一人の女性が駆《か》け寄る。

「レグルス殿下！　とても素敵でしたわ！」

「ユークディア。見ていてくれたか？」

「はい！　とても素晴らしい戴冠式でした！　新たな王に祝福を！」

「ありがとう、ユークディア」

聖女であるユークディア様が花束を贈ると、レグルス王は柔らかな笑顔を彼女に向ける。

「……」

私は、その場で立ち止まったまま。

愛している、婚約者が、聖女に微笑《ほほえ》む姿を、ただ見ていた。


――私の名前は、キーラ・ヴィ・シャンディス。

侯爵である父と、同じ銀色の髪と青い瞳で生まれた、侯爵家の一人娘。

私とレグルス様の婚約が正式に結ばれたのは、私が7歳であった10年前。

神官に伝えられた『神の予言』によって、私は次代の王の伴侶《はんりょ》になる運命なのだと告げられた。

そのため、私は幼い頃から、彼、レグルス王の妻となるために生きてきた。

私には、それ以外の生き方を選ぶ余地などなかった。

レグルス・デ・アルヴェニア王子は、賢君《けんくん》として知られた前王陛下と、早くに亡くなられた王妃様のたった一人の子だった。

前王と王妃様は、なかなか子宝に恵まれず……。

ようやく生まれた王子殿下の誕生を喜ぶ間もなく、王妃様はお亡くなりになってしまった。

それから陛下は新たな妻を娶《めと》ることはせず、レグルス王子を育てられた。

レグルス王と私の関係は……良好な時など、思い返せば一度もなかったように思う。

ただ憧《あこが》れるように、一人の王子に、婚約者に焦《こ》がれた私は、彼から愛を囁《ささや》かれることも、重ねた努力を労《ねぎら》われることも、ついぞなかった。

なぜ、彼にそのように疎《うと》まれ、憎まれているのかさえ、私には分からない。

ただ、私は自身が至らぬからだと思い、王妃教育に励み。

前王陛下には良くしていただいたが、周りからの期待や要求は上がるばかりであったと思う。

努力し続けた結果として、確かに王妃に相応《ふさわ》しい器《うつわ》、能力があると、多くの方に認めていただくに至った。けれど。

「皆、聞いてくれ」

多くの貴族が集まった場で、新しく国王となられたレグルス王は宣言した。

「私は、聖女である彼女、ユークディア・ラ・ミンク侯爵令嬢を王妃に迎える」

「……!?」

その言葉に、集まった人々は……私も、驚愕《きょうがく》に目を見開き、言葉を失った。

「レグルス王、何を⁉」

「シャンディス侯爵令嬢はどうされるのですか⁉　カラレス前王陛下が定められ、何よりも、『神の予言』が神殿に下った、正当な王の伴侶のはずです！」

神の予言は、王国の民を見守る神から告げられるもの。

少なくとも、アルヴェニア王国では、王の宣言よりも上の言葉であるはず。

私とレグルス王は、婚約者となる運命を神に定められた、はず、なのに。

「神の予言があるから。それだけで私にキーラを娶れと？」

「……そ、そう、です」

「ふん。……キーラ！　キーラ・ヴィ・シャンディス！」

「は、はい。レグルス王。私はここに」

レグルス王は、大勢の前で私を呼び、注目を浴びせました。

「お前はどう思っているのだ？」

「……どう、とは？」

もはや貴族達の前ですら隠すことなく、その冷たい目で、彼は私を睨《にら》みつける。

「貴様は、自分が王妃に相応しい人間だと、そう言うのか？」

「え、あの」

「答えろ」

……自分が王妃に相応《ふさわ》しいかは、分からない。

努力はしてきたつもりだし、王妃に必要な学びを怠《おこた》ったことはない。

不足はなく、優秀だとも言われていたけれど……上がり続ける期待や要求に、足元がフラつき始めていたようにも思う。

「……私は、……王妃になるために学び、身を修《おさ》めてきたと、自負はしています」

「だから？」

「……だから、とは」

「だからお前が王妃に相応しいと、そう言うのだな？」

「……」

言えなかった。自分が王妃に相応しいと。だって私には、『最も必要なもの』が足りていないように思ったから。それは能力的な話ではない。

どんなに優れていたとしても、学んで、何事かを成し遂げたとしても。

私は、ただの侯爵令嬢に過ぎない。

王であるのは彼なのです。レグルス・デ・アルヴェニア国王陛下。

アルヴェニア王国の王の血を継ぐのは彼であり、重要なのは彼。

そして私には……その王から与えられるべき……『愛』がなかった。

「は！　そういうところが傲慢《ごうまん》なのだ、お前は。己《おのれ》の優秀さをひけらかし、自分こそが王妃に相応しいと宣《のたま》う」

「レグルス様、私は」

「誰が私の名前を呼んでいいと言った？」

「……失礼いたしました。レグルス国王陛下」

「キーラ・ヴィ・シャンディス。お前との婚約を……この場で破棄する」

「……！」

彼の顔には、私を甚振《いたぶ》る愉悦《ゆえつ》さえもない。ただ、そこには憎しみのような怒りだけがあって。

「陛下……そんな、私、は……」

「神の予言だと言うのなら、それだけは叶《かな》えてやろう」

「え？」

それは一体、どういう。だって神の予言の内容は。

「私はユークディアを正妃《せいひ》に迎え、キーラを側妃《そくひ》として迎える。それならば不満はあるまい？」

「……そのようなことは」

「不満だと？　やはり自らが正妃に相応しいと？」

……言葉が通じない。もとより、彼が私の言葉に耳を傾けたことは一度もなかった。

「婚約の破棄は……承《うけたまわ》ります……」

「なんだと？」

私の心は折れかかっていた。いいえ、彼を愛するキーラという個人は、既にほとんど死んでいるようなものだった。

「……ですが、側妃として迎えるという話は……私の一存《いちぞん》で決められることでは……ありません。もとより私は、シャンディス侯爵の一人娘であり……。正妃にできぬと、そうおっしゃられるならば……、父である侯爵の判断を、必要とします」

フラつき、倒れそうになる私を支えていたのは、侯爵令嬢としての矜持《きょうじ》だけ。

「……ハ！　王妃がダメなら、次は女侯爵か。やはりお前は俺のことなど見ていないな。王妃の座だけしか興味がない。権力だけしか見ていない。そういう女だ」

「……私は、私は、そんなことは」

「もういい」

そしてレグルス王は、私に背を向け、その場を去っていった。

あとに残された私は、それ以上、何も言葉を届けられぬまま。

私は……レグルス王。私は、貴方を、……貴方を、愛していたのです。

そんな言葉は、ついに私の口から出ることはなかった。

◇◆◇◆◇

「はぁ……」

私は、王の婚約者という立場を失いました。

それでも神殿との関係や、神の予言のこと。何より、前王陛下が定めた婚約であることや、既に王妃教育を受けてきたこと。

そういうこともあり、今すぐに王宮を追放ということにはならない。

父であるシャンディス侯爵を呼び、改めて王との話し合いを、となった。

……おそらく大臣達は、私を側妃に据《す》える方向へ話を進めようとするだろう。

側妃。前王が一人しか子供に恵まれなかったことを考えると、次代に王家の血を繋《つな》ぐためには必要な存在かもしれない。

正妃となるために育てられた私には、耐え難《がた》い仕打ちであるように思える。

(それでも側妃となれば、私はレグルス王のそばにいられる……)

「はぁ……」

私は、自分が嫌になる。なんだか笑いさえ出てきた。

二番目の女でもいい、というのは、何と言えばいいのだろうか。

『女の性《さが》』と言うのは、他の女性に失礼ですよね……。ああ、本当に。

「この愛が消えてしまうことはあるのかしら」

……そうなれば、私は楽になれるのだろうか。


それから数日。私は、王宮で父の訪れを待っていた。

(お父様は、どう判断されるかしら……)

幼い頃に母が亡くなり、後妻を娶ることもしなかった父。

そんな父を支えることも少なく、私は王妃教育にばかり精進《しょうじん》した。

……親子の絆《きずな》を育《はぐく》む機会など、ほとんどなかったと言っていいだろう。

成長してからは特にそうだった。

(お父様は、側妃に据えるという、レグルス王の提案を受けるかもしれないわね……)

陛下にはあのように申し上げたけれど、もともと、私は王家に嫁ぐ予定だったのだから。

なら、側妃になったとしてもシャンディス侯爵家には差がないのかもしれない。

もとより、正妃になったところで、王に愛されていない妃。

きっと誰もが見下し、求心力をも失うだろう。

次代の王さえ望めないかもしれない。そんな女に付く者などいるはずがないのに……。

「キーラ様！　キーラ様、おいでですか⁉」

「えっ」

突然、部屋の外に慌《あわ》てた声をした女官がやってきた。

「どうしたの？　何があったの？」

私は扉越しに彼女に答える。

「キーラ様！　大変です！　ユークディア様が毒をお飲みになり、倒れられました！」

「ええ⁉」

聖女、ユークディア・ラ・ミンク。

レグルス王の寵愛《ちょうあい》を受ける、ミンク侯爵令嬢。黒い髪の毛と、赤い瞳をした可愛らしい女性。

……彼女は、もともとはミンク侯爵と愛妾《あいしょう》との間に生まれた庶子《しょし》だった。

夫人が亡くなられたのをきっかけに侯爵家へ引き取られて、令嬢として教育された人だ。

聖女というのは、やはり私と同じように、神の予言によって神官から与えられた呼び名。

彼女は神に仕える身となるだろう……。そういう予言だった。

次代の神官かもしれないとも言われているが、神の予言の真意は、いつも分からないものだ。

また、侯爵令嬢でもあり、彼女の立場はとても特殊なものだった。

そのため、レグルス王と逢瀬《おうせ》を重ねる機会にも多く恵まれており……。

「倒れられて……彼女は大丈夫なのですか？　王宮医は？」

「既に彼女についています！」

「そ、そう。皆はどこかに集まっていますか？」

「はい！　関係者一同、広間に集められております！」

「……分かりました。私もすぐに向かいます」

服は最低限、整えられている。問題ないでしょう。

私は、そのますぐに広間に向かおうとした。

「――どこへ行くつもりだ」

「え？」

私は、部屋を出たところで、その声に止められた。

「レグ……陛下？　なぜ、このような場所に」

てっきり毒に倒れた聖女ユークディア様のもとへ向かっていると思った。

どこで倒れたかは聞いていないが、陛下がこちらへ来る必要があるとは思えない。

「貴様を逃がさないために、私がこちらへすぐに来たのだ」

「……は？」

逃がさない？　私を？　どういう意味？

「一体、何をおっしゃっているのですか……？」

「キーラを捕らえよ」

「なっ⁉」

その命令に、私は絶句した。

「ど、どういうことですか⁉　なぜ、私を捕らえよなどと！」

「黙れ。この状況でユークディアが毒に倒れて……お前以外の誰が得をする？」

「なっ……！」

私が犯人だと疑われている⁉　そんなバカな！

「ち、違います！　私ではありません！　ありえません！」

「……聖女が毒殺されかけたのだ。疑わしき者はすべて捕らえる。問答無用だ」

「お待ちください！　私は、そんな恐ろしいことは絶対にしておりません！」

「抵抗する気か！　もういい！　キーラを……地下牢へと連れて行け！」

「なっ！　お待ちください！　そんな、陛下！」

レグルス王の忠実な騎士達が、私を拘束《こうそく》した。

なおもレグルス王は、憎々し気な視線を私に向けるばかり……。

「連れて行け」

ひとしきり憎悪を込めて睨んだあと、彼は私に背を向けて去っていきました。

「お待ちください！　陛下！　私は！　ユークディア様に害など為《な》しておりません！　陛下！　陛下……！　レグルス様っ、レグルス様――ッ！」

……こうして。

私は、レグルス王の命によって、地下牢に投獄されることになったのだ。


「うっ、うぅ……」

(どうして。どうして、こんなことになったの……)

私は、地下牢へと投獄された。

貴族が入る『貴人牢』でさえなく、冷たい岩と鉄の檻《おり》で作られた、地下牢へ投獄されたのだ。

ここに灯《あか》りはない。手の届かない場所に、鉄格子《てつごうし》付きの窓が開かれ、そこから差し込む外の光しか頼るものがない。暗く、じめじめしていて、ベッドなど、望むべくもない。

藁《わら》で編まれたボロ切れだけが、岩の床にそのまま置いてあった。

貴族令嬢の一人として、あまりにも、あまりにも耐え難い仕打ち。

それも、私は何もしていない。冤罪《えんざい》によって、私はこのような場所へ投獄された。

「うぅ……！」

（なぜ……。なぜ、こんな目に遭《あ》わなければならないの……）

（どうしてレグルス王は私を信じてくださらないの……）

（私が、私が何をしたというの……？）

（私は、ユークディア様に毒など盛ってはいないのに！）

事実として、これは冤罪だ。何の証拠も出てきていないはずだ。

誰かが私を陥《おとしい》れるために、何らかの証拠を捏造《ねつぞう》したのだとしても、ここに至るまで、私は捏造された証拠さえ、突きつけられていないのだ。

なのに。なのに。

私は今も侯爵令嬢であり、ほんの数日前までは王妃になるはずだった。

前王陛下と、そして神が認めた、正妃になるはずだった。

その私が、貴族牢に入ることさえ許されず、最下層の、殺人者と同等の者が投獄される地下牢へと入れられたのだ。

ここに至るまで多くの者とすれ違った。レグルス王以外の者にも必死に訴えた。

城に勤める大臣、文官、士官。女官にも、騎士達にも、その場に居合わせた貴族達にも。

だけど、誰も私を助けてはくれなかった。

確かに、この投獄は、国王となったレグルス王の命令だ。

王の命令ではあるけども……レグルス王は、まだ戴冠したばかりの身。

何より、あまりに不当で、あまりに理不尽《りふじん》な命令だった。

疑われるまではいい。それだって納得はできないけれど、ユークディア様が毒に倒れられたら、真っ先に自分が疑われるという構図は、私にだって理解できる。

けれど、扱いは、王国法に則《のっと》ったものであるべきだろう？

王が、己の疑心《ぎしん》ひとつだけで貴族令嬢を地下牢に投獄する、など、許されるわけがない。

この扱いは、まるでレグルス王の、私への憎悪そのものだ。

(何が彼をそこまでさせるの……)

分からないのだ。今日までずっと彼を見つめてきたけれど。

青い髪と青い瞳を持つ青年、レグルス・デ・アルヴェニア王。

初めは淡い恋心だった。端正《たんせい》な見た目に惹《ひ》かれただけの、幼い恋。

だけど、時を重ねるうちに、それは私の中で『愛』へと成長していった。

……その愛した相手が、かくも私を憎んでいるとは。

まるで親の仇《かたき》でもあるかのように。

キーラ・ヴィ・シャンディスの愛は……。

それどころか、その人生のすべては、彼に否定された。

「……神よ。どうして私に、このような運命を与えるのですか？」

私の罪はどこにあるのですか？　罪名は何なのですか？

誰か、誰か、それだけでも教えて欲しい……。誰か……。


「――神様なんてクソ喰らえ！　……って、そう思っただろう？」

「……っ!?」

私だけしかいないはずの牢獄の中に、知らない男の声が響き渡った。

場違いなほどに澄《す》んだ、誰かの声。

「……誰!?」

「くっ！　お前が噂の悪女様か？　名はキーラ。キーラ・ヴィ・シャンディス」

「……誰なのよ!?」

私のことを悪女と罵る男の声は、確かに牢獄の中から聞こえた。

だけど、その姿はどこにもない。見回せど、どこにもその姿はない。

（ああ、私はもう気がふれてしまったの……？）

私は、本気で自分を疑った。けれど、その声は。

「くくっ！　残念だが現実だ。俺は、確かにここにいる」

「え？」

その時、私は、あることに気付いた。

――影。……影です。

小さな窓から差し込む光で、岩の床にできた私の影が口を開き、男の声で話している！

「な、なん……何なの、貴方は？」

その私の問いに対して、その影は答えた。

「――悪魔さ」

あく、ま……？

「俺は、悪魔だ。キーラ・ヴィ・シャンディス。希代《きだい》の悪女様！　ははは！」

地下牢の床に広がった、その影は悪魔を名乗った。

これが……私と彼の出逢《であ》いだった。

2章　悪魔

「俺は……うーん。そうだな。名乗るなら、そう。リュジー。そう名乗ろうか。お前の妄想《もうそう》じゃあないぞ、悪女様。きちんと、この世に存在する悪魔さ。くくっ。安心したか？」

悪魔の、リュジー。本物だというの？　けれど、確かに、影から声がする。

「……ああ。私、もう気が狂ってしまったのだわ。自分の影と会話し始めるだなんて」

「おいおい。本物だっての。仕方ねぇな」

そう言うと、その影は私のもとへ伸びてきた。

そして足元から……何かが私の肌を這《は》いずる感覚！

「きゃあっ⁉」

男性に触れられたことなどない、足首やふくらはぎ、果ては太ももまで。

指が這うような感覚に私は襲われたのだ。

「ほらな。現実にある。俺は、ここにいる。分かっただろう？」

「なっ……なん、何なのですか……！」

女の、最も大事な場所に触れる前に、私の足から、おぞましい肌の感覚は引いていった。

だが、それが離れた今も、人の肌が私の足に触れた感覚が残っている。

（本物の悪魔？　ああ、私は何を見ているの……）

「だから悪魔さ。時間と、影の、悪魔。リュジー。今日はお前にいい話を持ってきた」

「き、聞きません！　悪魔との取引に応じるなど！」

「くくっ。まぁ、それでもいいんだがな？　何も邪悪な取引を持ちかけにきたわけじゃあない。なに、誰の魂だって要求しないさ。俺は、そういう悪魔じゃないからな」

魂を要求しない？　悪魔のくせに？

「……では、貴方は、何を目的に、私の前に現れたのですか」

内心では、悪魔と会話をするなんて、と嫌悪を感じている私。

自分自身さえも疑わしい状況だ。

目の前のそれが、私の妄想などでないと。一体、誰が証明できるのだろうか？

「俺の目的は、暇潰《ひまつぶ》しだ」

「……は？　暇潰し……ですって？」

悪魔の答えは、私が想像した、どれとも違っていた。

その答えの時点で、私はどこか……そう。

これが、私の内から生まれた、願望や夢の類《たぐい》ではない、と思った。

……だって、私の人生には、潰したくなる暇なんて、一度もなかったから。

物心がついた頃には、私はもう、王の伴侶になるために生きていた。

王妃になるには足りないことばかりだったのだ。

だから、人生の何もかもを、その運命に捧げてきた。

「悪魔の世界は暇なのさ。愚《おろ》かな人間達の、愚かな生活を眺めながら、その日暮らし！　だが今日は面白い女が現れた！」

「おも、しろい……？」

私の、この最悪な状況を、この悪魔は『面白い』の一言で済ませるのか。

「罪のない女が、この国で最も罪の重い罪人が入る牢獄に入れられている！　こんな面白い出来事に顔を出さないなんて、そんなもったいないことはない！　それこそ悪魔失格さ！　くくっ。あはははは！」

「――――」

影の悪魔、リュジーは愉快そうに笑った。

彼にとっては興味深い出来事でしかないのだろう。

だけど。

……彼は今、言った。私を『罪のない女』だと。

それは、私が、誰にも言ってもらえなかった言葉。言って欲しかった言葉だ。

「……貴方は、私が聖女を毒殺しようとしたのではないと……。知っているの？」

「知りはしないさ！　だがな。魂の色で分かる！　お前の魂の色が！　お前は、そんな真似《まね》をする女じゃあないことを、お前の人生を、示している！　くくっ。こう言えば分かるか？　俺は、俺が見える、お前の魂の色を見て、お前を信じている」

「……！」

「こいつは、ありもしない罪で、殺人鬼と同じように扱われ、国の最底辺がブチ込まれる檻の中に今、いるんだってな！　くくっ、あはは、あーっはっはっはっは！　愉快だろう？　笑えるだろう？　ははははは！」

……信じている。

思えば、そんな言葉も、レグルス王からかけられたことはない。

彼は何かあれば、たとえ、ありえないほどの大罪であろうと、疑心と憎悪を私に向けた。

「……リュジー。悪魔の、リュジー」

「ああ、何だ？」

「……貴方は、私を笑いに来ただけなのですか？」

我ながら、なんと単純なことなのかと思うけれど。

私は今、この悪魔に対して……好感を抱いていた。

だって。だって、そうでしょう？

誰も私を信じてくれなかった。

誰も私を庇《かば》ってくれなかった。

誰も私を認めてくれなかった。

嫉妬で殺人など、犯《おか》す女ではない。そう信じてはくれなかったのだから。

王宮にいた人々の、誰も。今まで関わってきた人々の、誰一人。

「いいや？　俺は、お前にいい話を持ってきた」

悪魔は、私にニヤリと、そう、影が裂《さ》けて穴が開いたように、笑いかけた。そして。

「──悪女キーラ・ヴィ・シャンディス。お前、人生をやり直したくはないか？」

……と、問いかけてきた。

「人生を……やり直す？」

それは一体、どういう意味なのだろうか。

「言葉通りの意味さ。お前に人生をやり直すチャンスを与えてやろう」

人生を、やり直すチャンス？

「なにせ、俺は、時間と影の悪魔。だから、そういうこともできるのさ」

「それは……」

確かに悪魔ならば、あるいは、そんなこともできるのかもしれない。

だけど。だけど？

「なぜ？　私にそんな機会を与えるのですか？　それも暇潰しなのですか？」

「俺の理由か？　お前がそうしたいかどうかではなく？」

「……はい」

「くくっ。そうだな。暇潰しもある。だが……そう。俺は神様が嫌いなのさ。悪魔だからな」

「神様が嫌い」

「ああ。だから神の予言なんてものを、覆《くつがえ》したくて堪《たま》らないのさ」

「神の予言を？」

……私の知る神の予言は、２つ。

ひとつは、聖女、ユークディア・ラ・ミンクが神に仕えるようになること。

もうひとつは、私、キーラ・ヴィ・シャンディスがレグルス王の伴侶となること。

この悪魔、リュジーが覆したいと言っているのは、後者の神の予言？

「神様が嫌いで、なおかつ、お前が随分《ずいぶん》と楽しそうな境遇に落ちている。見ていて楽しい、これは暇潰しになる。それが大きな理由だ。悪魔らしい理由だろう？　くくっ」

悪魔らしい理由。それは、そうかもしれない。

「ああ、まだあるな。俺の好みは悪女なんだ。だから、王国で噂の、悪女様の面《つら》を拝《おが》みに来てやったのさ！　あはははは！」

「……私が、悪女だから」

この悪魔の申し出を受ければ、私は、この最低な人生をやり直すことができるのかしら。

いわれのない罪で地下牢に投獄され、誰からも信じてもらえなかった人生を。

やり直して、変えることができるのかしら。

「……代償《だいしょう》は？」

「うん？」

「悪魔の力を借りて恩恵《おんけい》を受けるのならば……代償が必要でしょう。やはり魂ですか？」

「魂なぞいらないがな。……そうだな。代償があった方が信じやすいか？」

いらないのかしら？　彼の物言いからは本当に不要にも感じるわ。

でも、取引としては、一方的なものではない。それほどの奇跡を与えられるならば……。

私はコクリと、悪魔に向かって頷《うなず》いて見せた。

「では、こうしよう。お前が、もしも人生のやり直しを選択するならば」

「……はい」

ゴクリと私は唾《つば》を呑み込んだ。

「お前は、お前の中にある、ある心を失う」

「心、を失う……？」

「廃人になるわけじゃあない。お前が失う心は『幸福を掴《つか》みたいならば不要』。だが、『キーラ・ヴィ・シャンディスにとって大切な心』だ」

「……謎かけ、ですか？」

「くくくっ。何の心を失うのか、最初に教えてしまってはつまらないだろう？　という話だ。二度目の人生を歩むうえで、そのうちに気付くかもな。自分がどんな心を失ったのか！」

「……私の心」

いかにも悪魔らしい取引だった。私は一体、何の心を失うのだろうか。

失ったなら、私が私でなくなるような心？

「まさか、良心でも失うのですか……？」

「くくくっ！　そんなにつまらないものじゃあない！　言っただろう？　キーラ・ヴィ・シャンディスが『幸福を掴みたいならば不要』な心だと！　つまり、その心がなくても、お前は幸福《こうふく》な人生を送ることができる、というわけさ！」

「でも、貴方は悪女が好みだと」

「良心を手っ取り早く失《な》くして、人の心がない悪女にする？　そんなものは『作り物』だろう。それは俺の好みじゃない。俺が望むのは、お前が、お前のまま、自らの意思で悪の道を歩むことだ。なにせ、その方が面白い」

面白いから。それが悪魔リュジーの価値観のようだ。

そして私は、何らかの心を失ったとしても、幸せになることができる。

代償は、今ここで考えて分かるようなものではない。

……いい取引に思えた。

厳しい試練ばかりをお与えになる神よりも、よっぽど甘く、優しい施《ほどこ》しにも感じる。

（ああ、それこそが悪魔だからなのかしら……）

人の心は誘惑に弱い。強く律して生きてきたつもりだった私でも、こんなにも脆《もろ》い。

「……分かりました」

「おう？」

気付けば私は、大した葛藤《かっとう》もなく、その提案を受け入れていた。

「時間と影の悪魔、リュジー。……その条件で、私は、貴方との取引に応じます」

「くくっ！　あはは、あーっはっはっはっは！　そうか！　それはいい！　それがいい！」

すると、地下牢の中の空間を満たすように、リュジーの影が広がっていく。

影に、闇に包まれた私の肌は、温かい何かに全身を包まれた。

それは、まるで親に抱き締められた子供に戻ったような感覚。

あるいは……本当に愛してくれる者が与えてくれるという抱擁《ほうよう》。

影が私の肌のすべてに触れていく。

髪の毛の先端から、足のつま先まで。

他人に、特に男性に触れさせてはいけない部分にまで指は伸びて。

私の全身が、彼の手で愛撫《あいぶ》されるような錯覚。

(まさか悪魔は、人の女との交《まじ》わりなどを求めるのかしら……)

男性としての欲望の対象になどなるのだろうか。

種族も、存在も違うというのに。

「じゃあな、キーラ・ヴィ・シャンディス。お前は、これからお前の人生をやり直す」

「……」

悪魔の囁き声が耳元に聞こえる。ゾクリと、私の背が官能的《かんのうてき》に震《ふる》えた。

「二度目の人生の標語はこうだ。『神様なんざクソ喰らえ』。くくっ！　神の与える運命なんぞクソ喰らえ、ってな！」

「……クソ、喰らえ」

「ああ！　そう！　そうだとも！　お前の人生は、お前が決めるといい！　選ぶといい！

運命とは人が切り開いてこそ面白い！　楽しいものだ！　それこそが最高の娯楽だ！」

「……リュジー」

「ああ！　なんだ⁉　もうすぐだ。もうすぐ、お前の人生がまた始まるぞ、キーラ！」

光が見えない、温かな闇の中。私は、言うべき言葉を彼に告げた。

「……ありがとう。こんな私を、信じてくれて」

「――――」

罪のない女だと。

私を信じていると。

冤罪で投獄された私にとって、それ以上の言葉はなかった。

……嬉しかったのよ。素直に。彼の言葉が、何よりも。

「――じゃあな。人生、楽しめよ。キーラ」

そんな言葉を最後に、悪魔の声は私から遠ざかっていった。

3章　人生のやり直し

気が付くと私は、5年前に遡《さかのぼ》っていた。

キーラ・ヴィ・シャンディスの『二度目の人生』が始まったのよ。

苛烈《かれつ》な王妃教育で、身がやつれる前の私。

お父様のいる侯爵邸。自分の部屋。そして、成長し切る前の身体……。

時間と影の悪魔、リュジーと名乗った、彼の言葉と力は本物だったわ。

それに代償として失ったはずの心だけど、それは『良心』ではなかったの。

他者へ向ける『愛』でもなく。

それが分かったのは、父であるカイザム・ヴィ・シャンディス侯爵とのやり取りで、だったわ。

時間を戻ったことは告げなかったけれど、私は父にこう告げたの。

『レグルス・デ・アルヴェニア王子とは婚約を続けたくない。王妃になどなりたくない』と。

……カイザムお父様は、私の言葉に、真剣に向き合ってくれたわ。

そして侯爵として、婚約解消に向けて、王家と話し合いを進めることを約束してくれた。

王妃教育に必死なあまり、疎遠《そえん》になっていた父。

だけれど……私は、確かにお父様に愛されていることを知ったの。

お父様の銀色の髪と青い瞳を受け継いだことを、私は本当に嬉しく思えたわ。

私の中には、確かに家族へ向けた愛があったの。

だから私が失った心は『愛』ではなかった、ということ。


やり直しの二度目の人生。

私が、まず初めにしたのは、侯爵家に残って、『騎士の道を目指すこと』。

お父様は、侯爵家を別の者に引き継ぐか、爵位《しゃくい》を返上《へんじょう》することまで考えてくれたの。

だから一人娘である私は、お父様の跡を継いで、騎士を目指すことにした。

それもただの騎士ではなく、神に仕える騎士、神殿騎士として。

アルヴェニア王国においては、宗教に関わることは、王権とは独立している。

なにせ、神の予言を預かる不老の大神官、エルクス様がいらっしゃるのだ。

神殿の権威と、王権・貴族権は分けられているため、貴族令嬢である私が王家に召《め》し上げられないようにするためには、神殿に仕える身になるのが最も手っ取り早く、確実だからだ。

……レグルス王への愛は、まだ心に深く燻《くすぶ》っていた。

けれど未来の彼は、私ではなく、聖女ユークディア・ラ・ミンクを伴侶に選ぶのだ。

側妃になって彼らのそばにいても、きっと私は幸福にはなれないだろう。

……きっと私は、彼らにとって最初から邪魔者だったのでしょうね。

だから二度目の人生では彼らと関わらない道を選択したのよ。


騎士を目指した私は、最初の人生にはなかった出逢いをしたわ。

アラン・ディクスという赤髪・赤目の伯爵家の令息《れいそく》。

武家の名門であるディクス家の三男で、奔放《ほんぽう》で、自由な人だったわ。

騎士の訓練をするにあたって、まるで妹のように私を扱ったの。

最初は女だからと舐《な》められたけれど、私は精一杯に鍛錬《たんれん》に励み、彼を見返そうと努力したの。

「なぁ、お前」

「なぁに。アラン」

「本当に神殿騎士になるつもりなのか？」

「え？　うん。もちろんそうよ」

「……でも、お前。王子様の婚約者なんだろう？」

「それはお父様が解消に向けて動いてくださっているわ。神殿騎士になれば、大神官エルクス様の協力も得られる。そうなれば私は、晴れて王子の婚約者じゃなくなるのよ」

「……どうして？」

「何が？」

「いや。なんでそんなに、王子の婚約者が嫌なんだ？　だって未来の王妃だろ？　この国一番の女じゃないか。俺の知っている貴族の令嬢達は、誰もが王妃になるのを夢見ているよ」

「……そうね」

一度目の人生で、令嬢達から嫉妬の目を向けられたことはあったかしら。

……ほとんどなかったわね。優秀さ、という意味では、誰にも負けていなかったとは思う。実力があるならば、と。その立場を受け入れていた人達は、きっと納得してくれていたはず。

……でも、一人の女としてならば、きっと誰も、私を羨《うらや》んだりはしていなかったでしょう。

婚約者である私を、王子であったレグルス王が愛したことなど一度もなかったから。

『その寵愛が、もしも自分に向けられたら素敵だろう』なんて。

私を見て考える令嬢は、一人もいなかったはず。

もしも、そう思う令嬢がいたならば、きっとそれは聖女と彼が出逢った後に違いない。

「お前って、ほら。器量《きりょう》はいいだろ？　そこらの令嬢よりさ」

「……それを自分で認めるのは、むず痒《かゆ》いのだけれど」

傲慢にも聞こえるし。

だいたい、そこまで優劣がはっきりするほど、王国の貴族令嬢達は劣ってはいないわ。

誰も彼もが、美しさに磨きがかかった令嬢達ばかりよ。

というか器量『は』って何かしら？　外見だけ？　中身は？

「そんなに王子様が嫌かねぇ。話してみれば意外といい奴かもしれないだろ？」

「……話してみれば、ね」

その話す機会さえ、まともに与えられなかったのだけどね。

「なぁ。神殿騎士にならなくてもさ」

「うん？」

「たとえば……他の、男に嫁ぐとか。お前の家の場合は婿入りか？　できる奴がいればさ」

「……そうね。それも手の一つだと思うわ」

だけれど。今の私は、まだレグルス王子の婚約者であって。

その今の私と、婚約関係を結びたいというのは、王家に弓引《ゆみひ》くような行いと同じこと。

どこの家も、そう簡単に手を出せる話ではないのだ。

だからこそ、私は騎士の道を目指し、神殿騎士となろうとしているのよ。

「なぁ、キーラ」

「……この話は、また今度ね。アラン」

彼の言いたいこと、伝えたいことは伝わっていたわ。

だって、その瞳は……私が最初の人生で、長く抱いていた瞳。

気持ちの届かない誰かへ、片思いをする瞳だったから。

だけど私は、彼の気持ちに応えられるとは思えなかった。

まだ……私の心には……消えない炎が燻っていたから。


転機が訪れた。

二度目の人生ではずっと避け続けていた、レグルス王に会う機会があったの。

私は、彼を見た瞬間……怯《おび》えたわ。

彼と関われば、また犯してもいない罪で囚《とら》われ、弁明すら聞いてもらえないかもしれない。

貴人牢ですらない、またあの地下牢へ理不尽に投獄されるかもしれない。

……抱えた気持ちとは裏腹に、強く思ったの。

彼と関わりたくない、と。

そんな私の態度が、一度目の人生とは違う効果を生んだみたい。

私が彼から離れようとするほどに、レグルス王は私との関わりを求めてくるようになったの。

人生は上手《うま》くいかない。望み通りになど進まないことを突きつけられたわ。

「だけど……最初の人生の彼と、今の彼では……態度が違う？」

一度目の人生では、憎悪と思えるような感情を向けてきた、レグルス・デ・アルヴェニア。

しかし、二度目の人生における彼はどうだったか。

まるで対等に、普通に、私に声をかけてくる。

それどころか、私に対して、興味深そうにさえしてきたの。とてつもない、違和感。

「いけないわ。……だって、どうせ彼は聖女に心惹《ひ》かれるのだから」

人生を懸けてきた愛が、叶う夢を見たの。もうそこまで近付いているような気がしたわ。

国王陛下も私たちの関係を保留にしていたので、いまだ私たちは婚約者のままだった。

(どうして……？)

最初の人生と、二度目の人生で、何が違ったのだろう。

どうして彼は、私に憎しみの目を向けないのかしら？

もしかしたら何か『原因』があったのかもしれない。私は、その何かを探り始めたわ。

……私は、ずっと彼に嫌われる理由が、私自身にあるのだと思っていたの。

だから人生を費《つい》やし、王妃に相応しくなるように励み、彼に愛されようと努力してきたわ。

けれど。けれど。……そこには悪意が横たわっていたの。

聖女ユークディアの父、デルマゼア・ラ・ミンク侯爵。

彼の野心が、悪意の元凶だということが分かったのよ。

……彼の命令に従う者達が、絶えずレグルス王に、『言葉の毒』を吹き込んでいたの。

レグルス王が私を疎んじるように、憎むように。すべては彼の娘を王妃に据えるために。

二度目の人生では、私は、彼の野心を打ち砕くことができたの。そして私の前には。

「――シャンディス侯爵令嬢。私は貴方を愛している。どうか私と結婚してくれないか」

青い髪と瞳の、あれほどまでに愛し続けていた彼に、レグルス王に、愛を捧げられたの。

人生のすべてが変わった。

人生のすべてが上手くいった。

二度目の人生では、愛を勝ち取り、悪人を打ち倒し、何もかもが満たされた。

ハッピーエンドに私は辿《たど》り着いたの。

そして……私と、王となったレグルス王の婚姻式が、目前に迫っている。

正式に彼と結ばれ。彼と初夜を過ごし、彼の子供を産んで、王妃になるの。

誰もが認めるハッピーエンド。彼の確かな愛が向けられた人生。夢のような、幸せの終わり。

「私は……」

これでいいのでしょうか。私は良心を失わなかった。多くの人に優しく接することができた。

そして私は愛を失わなかったわ。

家族愛も、男女間の愛も、どちらも抱《いだ》いたままの人生だった。

……では、あの悪魔との取引で、私が失った心とは何だったのかしら。

それを知らないままで、私は、この世界を受け入れていいのかしら……。

◇◆◇◆◇

「——よう。キーラ」

「あっ！」

二度目の人生では、ついぞ姿を見せず、声をかけてくることもなかった彼が、そこにいた。

リュジー。私にこの幸福な人生を与えてくれた、影の形をした悪魔。

「人生を楽しんでいるか？　くくっ」

「……リュジー。貴方が今、ここに現れたということは、もしかして」

「うん？」

私の二度目の人生は今、最高潮だと言っていい。まさに幸せの絶頂。

ならば。……それを奪い、収穫するならば、きっと今が最適だろう。

それこそ悪魔の所業《しょぎょう》だと言えるのだ。

「私を殺しに来たの？」

「……いいや？」

「違うの？　じゃあ、魂を奪いに来たの？」

「いやいや。そんなものは欲しくもない。前にも言ったと思うが？」

「……では、幸せになった今の私から、何を奪いに来たの？」

「別に何も？」

「何も？　でも……」

「そもそも既に契約は成立している。お前は代償を支払って、ここにいるのだから。この人生は、間違いなくお前が手に入れたものだ。俺は、それを強引に奪うような真似はしない」

「……でも、そんな……」

それでは、あまりに私に都合が良すぎる。

悪魔との契約で幸福を手に入れたというのに、私は実質、何も失っていないのだ。

代償を支払っていないのだから。そんなことがありえるのだろうか？

「リュジー。私は一体、貴方にどんな心を差し出したの？」

「分からなかったのか？」

「……ええ。分からなかったわ。色々と考えたけれど、思い当たるものがないの」

「くくっ。そりゃあまた。随分と幸せな人生を歩めるようになったな。それもまた一興《いっきょう》だけどな」

一興。そんな言葉で片付けていいことなの？

私はこのままレグルス王と結ばれて幸せになっていいのかしら……。

「くくっ。別にいいのさ。お前がこの人生を選ぶのなら。キーラ」

「……いいの？」

「ああ。何も不満はないさ。お前がそれで幸せだというのなら、な？　くくっ」

彼は本当に悪魔なのかしら。私にとっては結局、いいことしかもたらさなかった。

誰かにとっては悪魔でも、私にとってはいい人でしかない。そんな人だったわ。

「キーラ。結婚式の前の日の夜に、もう一度お前の部屋を訪れよう」

「……」

「その時に決めろ。それまでは悩むといい。悩み、考えろ。この人生でいいのかどうか」

「……分かったわ、リュジー。もう一度、真剣に考えてみるわ」

「くくくっ。面白い答えを期待している。ああ、お前が失った心を取り戻せるように」

そう言い残して、影の悪魔リュジーは、再び私の前から消えてしまったの。

◇◆◇◆◇

人生をやり直したことで、私はすべてを手に入れた。
見えていなかっただけで、かつてもあった、お父様からの親愛。
レグルス王の寵愛。多様な友人達。臣下の信頼。
多くの貴族達からも認められて。私はアルヴェニア王国の王妃になる。
私を陥れ、レグルス王を惑わせていたミンク侯爵は罪を問われて、罰《ばつ》を受けた。
「私のしてきたことに、積み重ねてきた努力に、世界が報《むく》いてくれた」
（……本当にそう？）
チクリと、私の胸に棘《とげ》が刺さる。些細《ささい》な違和感。
望んでいた何もかもを手に入れたはずの私の心に、何かが引っかかっている。
悪魔リュジーに捧げた、私の心は何なのだろう。
良心でも愛でもなく。他に失った心に思い当たるものがない。
だって、この二度目の世界では、誰に悪評を立てられることもなかった。
ミンク侯爵やその手の者の工作は別にして、だけど。
心を失くしたことで、私が誰かを不幸に陥れたこともなかったはずだ。

それこそ悪魔の望むような悪女となり、悪辣な行為に手を染めたことはない。

恨まれるにしても、ただ、順当に罪を裁《さば》いた結果しかないはず。

『キーラ・ヴィ・シャンディスは冷たい令嬢』

『氷のように冷めた女』

『人の心がない』

……なんて、そんな言葉は最初の人生と違って、二度目の人生では言われたことがない。

「最初の人生と違って」

私の努力に応えてくれなかった世界と違って。

——チクリ。……と、また私の胸に棘が刺さった。一度目と一番違うのは、もちろん彼。

「レグルス様」

私は彼を愛している。愛していた。愛された。愛しているのだけれど。

「……『彼』が私を愛することを受け入れられても」

(私にとって、彼は許し難い。だって私は無実だった。私は努力を重ねてきた……)

「あっ！」

まさか。そこで、その時になって。私は、ようやく悪魔に支払った心について思い至ったわ。

「……そういうこと、なの？」

リュジー。時間と影の悪魔、リュジー。貴方は、やっぱり悪魔なのだわ。

『幸福を掴みたいならば不要』で。

『キーラ・ヴィ・シャンディスにとっては大切な心』を、確かに彼は私から奪っていたの。

——その心とは。


……私は、結婚式の前夜を迎えた。

明日、私はレグルス王と結婚し、王妃となる。

「……」

人払いをし、誰も部屋に近付けないようにして、私は、静かに彼の訪れを待ち続けました。

(部屋の戸締りも完璧にしてある。それでも悪魔の侵入を防ぐことはできないでしょう……)

その推測は当たっていた。影の悪魔は、再び姿を見せたのだ。約束通りに。

「よう、キーラ。上手くやったじゃないか。神様の定めた運命の通りに」

「……リュジー」

やはり彼はやってきた。今夜は、鏡に映った私の姿が黒く染まって影になったわ。

「それで？　十分に悩んだか？　このままこの世界を生きるのか」

「……その前に」

「ん？」

「答え合わせをしてもいい？　私が貴方に支払った代償。今の私が失った心について」

「……ほう。なら分かったのか。気付いたのか。その心が何なのか」

「ええ」

私は、まっすぐに彼を見つめた。そう、まっすぐに。

何者にも怯えることはないかのように。

真っ当に、善なる者として、胸を張って生きていける者であるかのように。

「聞かせろ。お前が失った心とは？」

「……リュジー。もう一度、取引をしない？」

「うん？」

「……もしも私が、失った心が何かを言い当てることができたなら、貴方に渡してしまった、
その心を私に返して欲しいの」

「……」

「その代わり、もしも、私が答えを間違ったのなら」

「なら？」

「『今の私』を消してしまって構わないわ」

「……くっ。くくっ！」

ニヤニヤと抑え切れないように彼は笑う。悪魔らしく。今の私とは、すなわち、そうなのだ。

「いいだろう。その取引に応じよう」

「……ありがとう、リュジー。じゃあ、言うわね」

私は深呼吸をして、そして、答えを口にした。私が失った心。それは。

「――復讐心《ふくしゅうしん》。単純な悪意とは違う。私個人、私が経験した出来事に由来する……特定の者達への、怒りと恨《うら》み。それが私の失った心よ」

そう、言い切ったの。私は、なおもまっすぐにリュジーを見つめたまま。

怒りを捨て、絶望に染まって、人を恨むことなどしなかった目で。

「くはっ！　ははははは！　……正解！　正解だとも！　素晴らしい！　このゲームはお前の勝ちだ、キーラ！　そう、俺がお前から奪ったのは……復讐心！」

それは、私が幸福を掴みたいだけならば、不要だった。

恨みに生きるよりも、自らを良くし、隣人に愛を注ぐような生き方をした方が幸せだろう。

それは、最初の人生を生きた、『私』を支えるべきものだったはず。

ただ幸福を掴んだだけでは呑み込めない、理不尽への憤《いきどお》り。

「納得ができないわ」

「そうだろう！」

何も知らない『二度目の人生で出会った彼ら』に罪はないかもしれない。

あるいは、罪を犯す前、間違いを犯す前に、彼らは正しき道を歩めたのだから。だけど。

『『私』は報われていない。救われていないわ」

「ああ、その通りだ！」

私は、努力してきた。最初の人生で。

私は、彼に愛を捧げた。最初の人生で。

……その結果、返されたのは何だったの？

二度目の世界では、私は最初の人生で培《つちか》った知識と経験で、多くの者に認められたわ。

労《ねぎら》われ、褒められた。愛された。だけど。

「認めるのならば『最初の人生で出会った彼ら』が『最初の人生の私』を認めるべきだわ」

「そうさ！　その通りだとも！」

だって努力してきたのだ。何も知らないなか。分からないなか。多くの者が間違うなか。

手探りで！　正解なんて知らず！　一人の人間として足掻《あが》き、私は生きてきたわ！

「誰よりも努力してきた。鞭で打たれながら王妃教育を受け、涙を流しながら耐えてきた。

……すべて学んだあとの『二度目の私』は、その努力をなかったことにして、だからこそ優秀なのだと誉められたわ。天賦《てんぷ》の才なのだと。だけど、そんな天才の評価はいらない。私に与えられるべきは……積み重ねてきた努力への、正当な評価だった！」

愛する人は私を労わなかった。努力を重ね、出した結果さえ当然だと片付け、流して。皆がさらなる向上ばかりを私に求めた。

「血の滲《にじ》む努力をした17年を生きてきたのは、『最初の人生の私』なのよ」

知識と経験を受け継いだだけの二度目の私が、神童だと認められたの。

最初の人生で私を信じなかった者達が、平然と笑っている。なぜなら罪を犯していないから。

今の自分は、私の人生に見合った私ではないの。今の彼らに罪はないのだとしても。

「『最初の人生の私』が……彼らを許せないのよ」

「くくっ……」

「リュジー。ここは地獄だわ」

「ほう？」

「すべての選択肢が上手く選ばれた、理想の地獄よ」

違う。違うのよ。私が生き、足掻いた報いには、確かに相応しい結果に見える。

誰もが認める、ハッピーエンドの世界。

「だけど、この世界は私が生きる世界じゃない」

だって許せないから。

私を『本当は愛していた』と。成長する過程で、憎むことになったかもしれないと。

最初の人生で出逢ったレグルス王は、そう告げたの。

……愛！

愛していたと語るのだ、彼自身の口で！

愛していながら憎み、疑い、信じず、私のすべてを裏切って、地下牢へと投獄したのだ！

大罪人であると多くの者に知らしめながら！　貶《おとし》めながら！　私の愛も否定して！

正妃に据えぬ、側妃にならいいなどと宣った、その心に愛があったと！

私は彼に人生を否定された。すべてを裏切られた。

にも拘《かかわ》らず！　そこに愛があったと彼は言うのだ！

「リュジー。……お願いがあるの」

「ああ」

「――私を、あの地下牢に返して」

「……ほう？」

「今のこの世界が、夢でも幻でもなく現実のものだとしても、これは『私』が生きるべき人生じゃあないのよ」

私は悪魔にそう願いました。次の代償に何を望まれるのか。それは分からない。

明日には幸福の絶頂が待っている。結婚し、王妃となる予定だった。それでも。

「……あの時間に帰って、お前は何をする？　キーラ」

そんなものは決まっています。

「――復讐。死のような報いを与えることはできないとしても。私は最初に歩んだ私の人生こそを肯定し、そして見返さなくてはいけないのです。

私を信じず、裏切った、見捨てた者達を見返し、名誉を、誇りを取り戻さなくてはならないのです。私は、私の積み重ねてきた人生に報いたいのよ。

……この二度目の世界に、その答えはないわ。だからこそ、地獄」

この世界に留まる限り、私は未来永劫《えいごう》、私の人生を否定して生きることになる。

悪魔の罠《わな》に嵌《は》まった、愚かな女となるだろう。

「くっ……、くく！　くはっ！　はは……！　あはははははッ!!」

悪魔は笑った。私のこの答えを。だけど、それは嫌な笑いではなかったわ。

「いいだろう！　戻るんだな、帰るんだな、キーラ・ヴィ・シャンディス！」

「……ええ。できるの？」

「できるとも！　そして、復讐するんだな!?」

「そうよ。私は、私をありもしない罪で地下牢に投獄した、あの世界に復讐するの」

「くはっ！　いい！　いいぞ！　お前は最高の女だ！　お前に会いに来たのは正解だった！」

「……どうもありがとう、悪魔さん」

気にかかるのは、この世界に残されるすべて。それでも。

「……お前は、もう失った心を取り戻している」

「え？」

「くくっ。新たに芽生えた感情じゃない。お前が答えを言い当てた時点で、取り戻した。それは、お前の心、お前の復讐心だ」

「……私の」

「この世界のことは捨て置くといい。お前が想像した通り、甘い予測の通り、この世界を生きるべきキーラが、甘々な周囲に助けられて生きていくだろうさ。記憶だって心配はいらない」

「……本当？」

「ああ！　この世界は、そのままハッピーエンドを迎えるだろう。だが、それはつまり」

「……ええ」

『私』ではないキーラがレグルス王に愛され、支えられて生きていく。

そこには『私』の居場所はなくなるわ。だから私は、もう。

『『お前』は二度と、この世界には帰ってこられない。最高のハッピーエンドの世界を、お前自らの意志で蹴《け》るんだ。そして殺人鬼が入れられるような地下牢暮らしに舞い戻る！　最高の夢を、人生の最高潮を知ったうえで！　下層の、下層の、最下層に戻る！　それがお前の選択だ、キーラ・ヴィ・シャンディス！」

　ゴクリと唾を呑み込む。……これは最後の選択肢。

そう。これで私に退路《たいろ》はなくなる。どうなったとしても。

「……たとえ、私が冤罪で死刑になったとしても」

「やり直しはもうできない。俺は、そこまで手を貸さない」

奇跡の魔法は一度きり。それは定められたことなのだ。

私は、そんな奇跡を棒に振ろうとしている。

「……それでも帰るわ。リュジー。私は、私の生きるべき人生を生きる」

レグルス王の伴侶となる、神様が定めた運命の世界。そんな人生は。

「……神様の定めた運命なんて、クソ喰らえ、よ」

「くはっ！」

悪魔リュジーは心底、愉快そうに笑った。

「いいとも。お前の望みを再び叶えよう！　悪女キーラ・ヴィ・シャンディス！」

そして再び。

私は、影に包み込まれ、影に抱かれた。

魂を包み込む抱擁。官能的な刺激。影という名の闇が、私を包み込んだ。

見えなくなる。触れられなくなる。

幸せだった人生が、遠くへ、遠くへ。手に入れた彼の愛もまた、彼方《かなた》へ。

私は悪魔と契約した悪女。キーラ・ヴィ・シャンディス。

悪女はハッピーエンドを否定するのだ。

私は、私の本当の人生へと舞い戻る。


――人生をやり直した私は、やり直しを、やり直す。

◇◆◇◆◇

「……っ！」

気付けば私は、薄暗い地下牢の中。ボロボロの姿で、牢獄に囚われていました。

戻って来てしまったのだ。そして、そんな私に。

「これからは俺も力を貸してやろう」

「え？」

……あろうことか、服の中から彼の声がした。

「……リュジー？」

「俺は、時間と影の悪魔だ」

「……知っているけれど」

「影だからな。どんな場所にでも入り込める」

「……だからって、なんで私の服の中に？」

「悪魔と一心同体《いっしんどうたい》って奴だ」

（……これも悪魔なりの暇潰し、楽しみなのかしら？）

感性ごと、種族ごと違うのだ。分かるはずがないのかもしれない。

「——さぁ、キーラ。神様の決めた運命への反逆だ」

影の悪魔は、私の服の下から、そう囁いたの。

4章　不老の大神官

「エルクス様？　どうされましたか？」

「……何か不穏《ふおん》な気配を感じますね」

不老の大神官。エルクス・ライト・ローディア。

真っ白な美しい髪を腰まで伸ばした、中性的な美しさを持つ男。

彼は神官服に身を包み、大神殿でいつものように、神に祈りを捧げながら過ごしていた。

エルクスは、アルヴェニア王国において、神の予言を受け取る特別な男だ。

神殿の権威は、王権や貴族特権とは分けられていて不可侵なものであった。

彼は、ある意味、王族よりも重要な貴人だと言えた。

既に今の時代、神の予言を受け取っているため、しばらく彼の最たる仕事はないはずだった。

2つ下された神の予言。その1つは、聖女に関して。

侯爵令嬢ユークディア・ラ・ミンクが聖女として神に仕える者になること。

これは、彼女が遠からず、神官エルクスの弟子のような立場になることを意味する。

彼女はいずれ、神から不老の運命を賜《たまわ》ることさえあるかもしれない。

神官の見習いのような立場だが、神は無情《むじょう》ではない。

若いまま、俗世をすぐに捨てて、神に今すぐ仕えよ、とは求めなかった。

予言のもう1つは、王の伴侶について。

優秀な能力を備えた美しい侯爵令嬢、キーラ・ヴィ・シャンディスが王の伴侶となること。

彼女は未来の王妃となることを、神によって定められた女性だ。

公爵家のない今の王国にとって、侯爵令嬢である彼女達は、国で最も高位に近い女性達。

エルクスとしては、二人のどちらにも不満を抱く余地は、まるでなかった。

「保管書庫に向かいます。ついてきなさい」

「はい！」

エルクスは部下を引き連れて、予言を書き記した書物を保管している書庫へ向かった。

そして、書庫へ彼らが辿り着いた時にそれは起きた。

「なっ……！　これは一体!?」

あろうことか、すべての予言の書が燃え始めたのだ。

「なんてことだ！　水を！」

「……待ちなさい。おかしい。この火はおかしい」

「え？」

予言を記した書物が、すべて燃え始めている。だが他の、木製の本棚、机、椅子、梯子に火は燃え移っていない。まるで予言の言葉だけを焼き尽くすかのように。

これは自然現象ではない。神が人間に何かを報《しら》せるために起こした現象に他ならなかった。

「……」

ヒラリと燃えた予言書の1ページが宙を舞い、そして神官の手元へ落ちてきた。

「エルクス様！」

「……大丈夫です」

燃えたページを掴むも、彼に火傷《やけど》は生じない。やはり、これは普通の火ではないのだ。

手にした紙に記された予言は、最も新しい予言の1つ。

『キーラ・ヴィ・シャンディスは王の伴侶となるだろう』

彼がその予言の内容を読み終えると同時に、端から燃え尽き、灰となって消えていく。

「……これは」

キーラに関する予言は、サラサラと崩れ落ちて、跡形もなくこの世から消え失せた。

「え、エルクス様！」

「ん？」

その現象を共に見守っていた部下が、灰が溜まった書庫の床を指差す。

エルクスが目を向けると、そこには、溜まった灰によって床に文字が書かれていた。
『大きな間違いを犯している』と。
……それは、まさしく神の予言だろう。誰かが、何か、大きな間違いを犯している。
神の予言に反するような、大きな間違いを、だ。
その言葉を彼が認識すると、また灰は散り散りになり、霧散《むさん》してしまった。
「……王城に向かいましょう。新たに王になられたレグルス王に、このことを伝える」
「は、はい！」
不老の大神官、エルクス・ライト・ローディアは大神殿を発《た》った。
王に問わなければならない。
『神に反するような決断を、最近したことがありますか？』と。
まず王を問い質《ただ》す。王が間違えば、この国が滅びてもおかしくないのだから。

◇◆◇◆◇

「レグルス王。大神官エルクス・ライト・ローディア様がお越しになりました」

「……通すがいい」

大神官がこのように急に訪れることなど、そうあることではない。

あるとすれば、新たな予言が神より下された時か。

「レグルス王子。いいえ、レグルス王よ」

「……ああ」

謁見《えっけん》の間。大臣達を急ぎ集めて、レグルス王は大神官を迎え入れた。

「このように急ぎ、現れるとは。何があった？　また新たな予言か？」

「いいえ。その逆です」

「逆？」

何が逆なのだと、王は首を傾げた。大臣達も眉を顰《ひそ》める。

「保管していた予言の書がすべて燃え尽きました」

「……何だと？」

ざわりと、その場に集まった者達が息を呑んだ。

「書庫そのものは燃えず、まさしく神の御業《みわざ》であると存じます。そして予言書が燃えたあとに、残った灰によって文字が描かれました。それは、ある1つの文を」

「……神の新たな予言か。なんと？」

「予言ではないでしょう。神の『忠告』かと」

「忠告だと？」

「はい。灰で描かれた文字には『大きな間違いを犯している』とだけ」

「……！」

謁見の間のざわめきが大きくなる。それは神の怒りのようにも思える内容だ。

大きな間違い。それは。

「レグルス王。近く、何か大きな決断を下されたことはありますか？　神がこのように言葉を残すほどの決断です。王や大臣達の何か大きな決断があれば、それが原因やもしれません」

些細なことでは、神は言葉を下さない。だから、これは、とても重要なことのはずだった。

国を揺るがすほどの、だ。

「……シャンディス嬢だ」

大臣達は、顔を見合わせて、誰からともなく、そう呟《つぶや》く。

「黙れ！」

レグルス王がその言葉を一喝《いっかつ》して黙らせるが、大神官は、しっかりと聞いていた。

「シャンディス嬢……、キーラ様がどうかされましたか？」

「関係ない！」

「……レグルス王。関係ないかどうかは、貴方が決めることではございません」

「貴様っ……！」

大神官は、王の怒声《どせい》に怯《ひる》むことはない。彼の立場は王と同等か、それ以上なのだから。

「……大臣達で構いません。キーラ様に何かありましたか？」

大臣達は、王の顔色を窺《うかが》いつつも、エルクスの問いに答える。

「……キーラ・ヴィ・シャンディス侯爵令嬢は今、牢へ投獄されています」

「投獄！　それは一体、なぜですか？」

「キーラが罪を犯したからだ！」

「……王には少し口を謹《つつし》んでもらいましょう。私は冷静に話を聞く必要がある」

「チッ……！」

エルクスは大臣に目を向け、続きを促《うなが》した。

「せ、聖女様が毒を盛られ、倒れたのです。幸い、彼女は王宮医の手により命を取り留め、療養しております。後遺症の有無は、まだ経過観察の段階ですが、今のところ絶望的ではないと」

「……聖女が」

王城内の出来事だった。まだ外の神殿にまでそのことは伝わっていなかった。

「そして、聖女を毒殺しようとした疑いで……キーラ・ヴィ・シャンディスは投獄されました」

「……それは、何か証拠があるのですか？」

「そ、それが……」

言い淀《よど》む大臣の態度でエルクスは察する。証拠はない。あるいは見つけてさえいない？

「いつの話ですか、それは」

「……」

「キーラ様は王の伴侶となるという神の予言を受けた身。彼女が聖女を毒殺する理由は？」

「……レグルス国王陛下は、シャンディス侯爵令嬢との婚約を破棄なさいました。そして正妃には聖女ユークディア・ラ・ミンク侯爵令嬢を迎えると」

エルクスは、それを聞いて眉根《まゆね》に指を当て、天を仰《あお》いだ。

「……レグルス王は、神の予言に逆らうと？」

「い、いえ！　シャンディス嬢は、いずれ側妃に迎えるつもりだと、陛下はおっしゃいました！　それで事態をはっきりさせるため、シャンディス侯爵を呼び出していた最中で……」

「そこで聖女が毒殺されそうになったと？」

「……はい」

「しかし、証拠は何も見つけていないと？」

「……はい。まだ。シャンディス嬢の部屋は、入念に捜査しております。……念のため、ミンク家に関わる者達も遠ざけた状態で」

「聖女が毒殺されかけた時、キーラ様は疑われるに値する場所にいたのですか？」

「それが……」

「まさか、その場にさえいなかった、と？」

「……はい」

「婚約破棄をされた。側妃に落とされそうになった。だから正妃となる聖女を妬《ねた》んだ。……そのような他者の心証だけで、彼女を罪に問うた、と」

「……は、はい」

「……呆《あき》れました」

神が予言を告げるほどの間違いとは、何なのか。

これでは、もはや考えるまでもないではないか。エルクスはそう思う。

「はぁ……。彼女は今も牢に？」

「は、はい」

「……今すぐ彼女の入れられた貴人牢へ案内してください。すぐに彼女を解放します」

「何を勝手なことを！」

と、沈黙していたレグルス王がまたも神官エルクスに吠《ほ》えた。

「勝手をなさっているのは貴方でしょう。王よ、一体、何のつもりですか？　ご自身の決断が、正しいとでもお思いですか？　神に弓を引いている自覚はおありですか？」

「……貴様に何が分かる！」

「分かる、とは。まさか個人の感情で？　後世に狂王《きょうおう》とでも罵られたいか、新たな王よ」

「黙れ！　キーラは解放などしない！　これは王の決断だ！　神官が口を出せる範疇《はんちゅう》を超えているぞ、エルクス・ライト・ローディア！」

「……なるほど。確かにキーラ様の即時解放は、私の権利ではありませんね」

あくまでエルクスは冷静に話をした。激昂《げっこう》するレグルス王とは対照的に。

「ですが、罪人として扱われようと、私には彼女と話をする権利があります。牢の中であろうとも、彼女と言葉を交わすとしましょう。これは王が口を出せる範疇ではなく、王に口を出す権利はありません。よろしいか？」

「ぐっ……！　好きにするがいい！　だがキーラを牢から出しはしない！」

「……今は、それでいいでしょう。さぁ、貴人牢へ案内を」

「そ、それが……、大神官よ」

「まだ何か？」

大神官エルクスは、腰まで伸びた真っ白い髪を揺らし、赤い瞳で冷たく大臣を見据えた。

「しゃ、シャンディス嬢がいるのは、貴人牢ではありません……」

「……は？」

「彼女は、殺人の罪を犯した者が入る牢……、地下牢に投獄されています……」

さしもの大神官も、その言葉には絶句するより他なかった。

予言書が燃え、神が間違いを指摘した時期。

そして、キーラがそのように酷《ひど》く扱われた時期は完全に一致している。

それどころか、予言の時期の方が遅いくらいだ。

では、『間違い』は聖女の毒殺についての予言ではないだろう。

何より聖女は今、無事に生きているという。それでは予言するほどのことではない。

大神官エルクスが動かなければいけないほどの事態。そしてレグルス王の言動。

「……答えが、こんなに分かりやすい予言も珍しい」

大きな間違いという抽象的な予言であるにも拘わらず、それ以外に過《あやま》ちは考えられない。

神が予言したのは、王の間違いだと、大神官エルクスは確信したのだった。

エルクスは、キーラが投獄された地下牢へと向かう。

「……酷いものですね。疑い程度の、否、それさえも怪しい貴族令嬢を、このような場所に」

それも神の予言により、王妃となるはずだった運命の女性を、だ。

レグルス王の彼女への仕打ちは、神への冒瀆《ぼうとく》と言ってもいい。

滅多なことでは心を動かされることなどないエルクスだが、流石《さすが》にこの件には怒りを覚えていた。

王とて何をしても許されるわけではない。世界は神の膝元にこそあるのだ。

王は人々をまとめ、導く者であるべきで、不当な裁きを下す者であってはならない。

「こちらです。レグルス王の戴冠により、恩赦《おんしゃ》を受けて囚人がいなくなったため……彼女一人が地下牢にいます」

「たとえ罪を犯していたとしても、貴人牢に入れるべき令嬢を。新王にして既に乱心《らんしん》済みか」

「大神官様。そのような言葉は……」

「しかし、これでは、誰が王に付いていくというのですか。この先、王の理不尽な仕打ちを受ける者が、彼女一人だけで済むなどと一体、誰が信じられるのです」

「……」

レグルス王は、既に臣下の信を失いかけている。

それでも、キーラが『悪女』であるならば、王政としては救いはあるかもしれないが。

「……～～♪」

「……？　歌？」

地下牢の奥。キーラ一人しかいないはずの場所から、綺麗《きれい》な歌声が聞こえてきた。

「まさか、キーラ様が歌っているのか？」

絶望に涙しているか、あるいは理不尽さに怒っているか、と思っていた彼は、驚きを隠せなかった。

「……キーラ様？」

「あら」

鉄格子の向こうの、岩で覆《おお》われた空間。唯一、心許ない窓から差し込む光の下。

冷たい壁に寄りかかったキーラが、歌を口ずさんでいた。

「お客様だなんて珍しいわ。無言の食事係だけが、ここを訪れるものだと思っていたもの」

キーラは、なんと微笑んで見せた。このような状況に置かれて、なお。

頬《ほお》はやつれている。身体は汚れたまま。しかし、それでも彼女は笑って見せた。

（気が触れていてもおかしくない状況。それでも彼女は精神を保っているのか……）

「私が分かりますか？　キーラ様」

「ええ。大神官エルクス・ライト・ローディア様。お久しゅうございます」

ボロボロの服のまま、彼女は手振りでカーテシーをして見せた。優雅に。

「……話を聞きました。駆けつけるのが遅くなったことを詫びましょう」

「あら。それでは大神官様は、私をここから出してくださるの？」

「それは……」

レグルス王はキーラの釈放を許可していない。しかし。

「……キーラ様。私は、貴方に問わねばなりません」

「何なりと、大神官様」

「……貴方は、聖女ユークディア・ラ・ミンクに毒を盛って、殺そうとしましたか？」

「——いいえ。神に誓って、そのようなことはしておりません」

「本当に？」

「ええ。だって私には、彼女を毒殺する理由がありませんわ」

「理由ならば……」

いや。理由だけはあるはずだ。それはエルクスさえも認めていること。

「ありませんわ。大神官様。この私にいかなる理由があるとお思いで？」

「……貴方は、レグルス王から婚約破棄を言い渡されました。正妃の座を、聖女ユークディア様に奪われた。理由、動機だけならば十分にあります」

「ふふっ！」

キーラはエルクスの言葉に、思わずといったふうに笑った。

「……何を笑うのですか？」

「だって！　ふふ。私が嫉妬で聖女を殺そうとしたとでも？　それでは、まるで私が、かの人の正妃になりたい、なりたかったようではないですか？」

「……違う、と？」

「ええ！　私は、王の伴侶になる、などと、神に決めつけられただけですわ、大神官様。王との婚約は、私が望んだものではありません。神が、前王が、大臣達が、国が、神官が……私の意思を無視して決めた婚約でしたのよ？　そこに私の願いなどあるわけもありません」

「……何ですって？」

まさか、あのキーラから、このような言葉を聞くとは、エルクスは思っていなかった。

「……貴方は、王との婚約を望んでいなかったと？」

「ええ！　欠片《かけら》も。ですからレグルス王には、内心感謝しておりましたの。きっとレグルス王は、私の気持ちを汲《く》みとっていたのですわ。私は、王の伴侶になりたいなどと思っていない。この婚約は、婚姻は、私を不幸にするだけだと。きっと、そう悟《さと》っておいでてでしたの。ですから撤回《てっかい》のできない、多くの貴族達が見守る前で婚約破棄を宣言されましたのよ。ええ。とっても素晴らしい王ですわ！　側妃などという言葉も、大臣達を説得するために出した方便でしかありません。だって、そうでしょう？　大神官様」

キーラは続ける。エルクスは黙《もく》して彼女の言葉を聞いていた。

彼女の目や表情、態度から嘘を見破るつもりで観察を続けた。

しかし、キーラの言動から『嘘』は感じられない。

「誰が正妃から落とされて、側妃にするなどという言葉を笑って受け取るのです？　初めからそのような立場であったならば別です。私と聖女ユークディアナ様の立場が逆であったならば話は分かりましょう。ですが、私は正妃になるように育てられた身。そのような屈辱《くつじょく》を受けてなお、王の側妃になりたいなどと、思うはずがありませんわ！　レグルス王とて、そのような人の心を、お分かりでないはずがないのです。そうでしょう？」

「……それは、そうかもしれませんが」

「ですから私には、聖女を恨む動機がありませんの。だって私は『レグルス王を愛していない』のです。むしろ、かの王から解放されることを嬉しく、喜びとし、感謝すらしておりましたのよ？　ええ。王と聖女が紡《つむ》ぐ真実の愛に、祝福の言葉さえ贈りましょう。レグルス王の前で、大臣達の前で、貴族達の前で、神の御前で。『レグルス王を愛していない』と声高らかに宣言しても構いませんわ？　ふふふっ」

キーラは微笑んでいた。蠱惑的《こわくてき》に。その言葉に、何の偽りもないと胸を張りながら。

「……そう、ですか」

思っていた反応とは違った。エルクスの知るキーラの言葉とも思えなかった。

まるで人が変わったようにさえ感じる。それも当然かもしれない。

なぜなら、これは貴族令嬢が受けるべき仕打ちではない。

そもそも、無実の人間が受けていいことではない。数日にわたって彼女が受けた、この仕打ち。

この状態で、なおも王を愛しているとは、誰だって言わないだろう。

千年の愛すら凍り付いてもおかしくない。だからこそ、もう愛がないと言うキーラの言葉は、今は真実となったかもしれないが、聖女の毒殺の容疑を晴らす根拠にはならなかった。

「ふふっ。大神官様。まだ地下牢から私を出すことは認められていないのでしょう？」

「……はい」

「では、大臣達やレグルス王に、私の言葉を伝えてくださるかしら？　彼らは私の言い分を、弁明にさえも耳を傾けませんでしたのよ？　そんなことは許されるはずがありませんわ。だって私は、シャンディス侯爵家の娘なのですから」

「……そうですね。弁明すらも、とは。呆れます」

「ええ！　大神官様。私は神の前に立ちますわ。自らの潔白《けっぱく》を訴えるために。そして」

「……そして？」

「私に罪がないということは、大神官様。他に犯人がいる、ということに他なりません」

「……！　確かにそれは道理です。貴方の置かれた境遇が問題すぎて、失念《しつねん》していました」

「ふふ。ですから、大神官様。神殿を挙げて調査してくださいませ。神に仕えるべき聖女を、王の『唯一の』寵愛を受けたユークディア様を毒殺しようとした罪人が王国にいる……」

キーラは、己の不遇を嘆くでもなく、真摯《しんし》にエルクスに訴える。

「正しき調査をすることを捨てた王宮の者達には、既に神の信頼はありませんでしょう。どうか、神の名の下に真実を。私からは、それだけですわ」

「……分かりました。キーラ・ヴィ・シャンディス侯爵令嬢。貴方の言葉を王に伝え、そして神殿の者達を調査に動かすとしましょう」

「ふふっ」

「……この場所からも出すよう、また告げてみます」

「まぁ、ありがとう。大神官様。でも、私はどちらでも構いませんわ。貴人牢であろうと、この地下牢であろうと。レグルス王が、私を罪人として牢に入れたことには変わりないのです」

「……そうですね」

「ふふふ。それでも、楽しみにお待ちしておりますわ。神に仕え、神に従う、第神官様」

地下牢の中のキーラは、まるで悪女のように微笑んだ。

◇◆◇◆◇

そしてエルクスは、再びレグルス王に謁見を願い出て、彼の前に立つ。

「なん……だと？」

「キーラ様は確かに告げました。『レグルス王を愛していない』と。むしろ、婚約破棄についてては喜んでおり、聖女との仲を祝福していました。正妃の座に興味もなければ、側妃になるつもりさえないそうです。皆の前で、神の御前で宣言してもいいとさえ言っております。……彼女はレグルス王を愛しておりません。証拠さえなく、動機だけで投獄された彼女ですが、まさか、その動機さえ疑わしいとは」

ひとしきり、王に報告を済ませたうえで、彼は告げた。

「大神官エルクス・ライト・ローディアがここに宣言します。聖女ユークディア・ラ・ミンクの毒殺未遂について、神殿を挙げて調査を始めると」

「……なんだと⁉　これは王城内で起きた殺人未遂だぞ！」

「はい。しかし、一連の流れにおいて、神に対する冒涜があったと言わざるをえません。何より、聖女の命が脅かされたというのに、王宮の捜査はありえないものばかり。はっきり申し上げます。今から、これみよがしにキーラ・ヴィ・シャンディスに不利な証拠が出てきたとしても、神殿は、その証拠が捏造か否かまで疑い尽くし、納得するまで徹底的に調べ上げます。彼女は既に何者かの手によって陥れられている可能性が高いのですから。この場にいるとは申しませんが……今から彼女を陥れようと画策《かくさく》する者がいるならば、相応の覚悟をしていただきましょう」

「王家の捜査を疑うというのか！」

「当然です。なぜ、疑われないと思うのですか？　……レグルス王。神官の立場から言わせてもらえば、今、最も疑わしい者は、貴方なのですよ」

「なっ！　貴様！　よくもそんなことを……！」

「……レグルス王は、神の予言で決められた王の伴侶が不服であった様子。毒殺されそうになった、と聞きましたが、聖女は、今やもう健康なのでしょう？　まるで、最初から毒を飲んでも死なないことが決まっていたかのように」

大神官の言葉に、集《つど》った一同は顔を見合わせた。

聖女は死んでおらず、健康のまま。それは、もしや最初からそうなる予定だった？　と。

「……レグルス王が、キーラ様に何の恨みがあるのかは分かりませんが、彼女は婚約破棄を喜んで受け入れ、貴方から離れようと考えていたのです。

まさか、王に愛を捧げないことが罪だ、とおっしゃるわけではないでしょう？　彼女の方は、貴方から離れられることに感謝さえしていたというのに、その様子では……」

大神官エルクスは溜息を吐《つ》いた。レグルス王の方がキーラに執着しているように見えたのだ。

それがいい意味か、悪い意味かで言えば、おそらく後者なのだろうが。

「……あえて、もう一度、忠告します。レグルス王。並びに王を諌《いさ》めるべき大臣達。せめて、彼女を地下牢から貴人牢へ移しなさい。疑いをかけるにしても、その手順も処遇も、正当なものでなければなりません。彼女が持っている、主張して当たり前の権利をお守りなさい。ここで王の横暴《おうぼう》を許す国だと、貴族や民に知らしめ、神に告げるおつもりですか？ ……神は見守っています。仮に、この世で上手くことが運んだとしても。貴方達がしでかしたことは、死後、必ず裁かれることになります。……どうか、正しいことを。多くの民を守るためにも」

神官の言葉と、神殿の後押しを受けて、大臣達は互いを見合い、王に意見をすることになった。

少なくとも、キーラを地下牢に投獄するのだけは間違いである。

仮に彼女が疑わしいままだとしても、それだけは絶対に、と。

だから大臣達の意見は、キーラの牢を移すことで一致した。

王も、大臣すべてと大神官の前で正当な決断を迫られては、覆すことはできなかった。

その程度の理性は、レグルス王にも残っていた。

一同は、そのことに深く安堵《あんど》するのだった。

5章　キーラとリュジー

「まぁ。私を貴人牢へ？　ようやく、当然の処置が取られたのですわね」

　大神官様が来てしばらくしたあと、兵士が現れ、貴人牢へ移されることになったわ。

「……逃亡を企《くわだ》てれば、容赦はできかねます。覚悟してください」

「ふふ。逃亡？　私が？　何のために？」

「……何の、とは？」

「罪を犯していない私が、一体、何のために逃亡するのです？　それとも王宮には、罪人かどうかではなく『気に入らない人間』を、蛮族《ばんぞく》のように殺して回る趣味の者でもいるのかしら？　ふふふ。それなら騎士様達は頑張らないといけないわね。貴族や王族を守るためではなく、人間としての在《あ》り方を守るために。ええ。どうか王国の誇りを守ってちょうだい」

　私はカラカラと笑って、兵士をからかったわ。そうすると彼らは驚いたような顔をするの。

「……キーラ、様？」

「なぁに？」

「あ、いえ。その……」

「言っていいわよ」

「……は、はい。その。別人のように思いましたので」

「あはは！　別人ですって？　私が？　……違うわ。間違っていますわ。今の私こそが、本当の私。私こそがキーラ・ヴィ・シャンディスなのよ。ふふっ」

私は、兵士に見張られながらも、胸を張って歩いた。

数日、地下牢に押し込められ、やつれてはいたけれど。

気品を失わず、それでいて、今までの私とは何もかも変わったように、ね。

こうして大神官様の口添《くちぞ》えもあり、私は地下牢から貴人牢へと移ることになったの。

『レグルス王を愛していない』と伝えたことが、どれだけ、かの王の心を抉《えぐ》ったか。

そのことを思い浮かべて静かに笑う。

「幸先《さいさき》のいいスタートじゃないか。キーラ」

と、リュジーが髪の毛の間から、私に小声で囁きかけてきたわ。

……耳元に直接、彼が話しかけているような距離感よ。ちょっとくすぐったいのよね。

「ふふっ」

流石に兵士達の前でリュジーに答えるわけにはいかないから、笑って応えておく。

不思議な感覚だけれど、常に私は一人じゃないんだって思えば、悪くないわよね。

「なかなかのものに見えるわね」

地下牢から出され、貴人牢に入れられた私。

状況は進展したけれど、そもそも私が投獄されるのなら、この処遇が当たり前なのよ。

ようやく当然の権利が与えられただけで、感謝する余地はまるでないわね。

あらぬ疑いをかけられたままであることに、変わりはない。

……二度目の人生のレグルス王なら、卒倒《そっとう》するかもしれないわね。

貴人牢は、鉄格子の中にキチンとした最低限の家具が用意されているの。

シンプルな部屋のような造りよ。ベッドもある。

身分によっては、この部屋だけで十分な宿じゃないか、と評価するかもしれないわね。

檻の前に監視は立っていない様子。逃げられるとは思っていないけど、不用心にも感じるわ。

ただ、檻の前は、隠れる場所のないスペースになっている。

そのスペースの端に、一枚しかない扉があるわ。その扉の向こうには監視が立っているはず。

これは、貴人牢に入れられた者を辱《はずかし》めることがないように、という配慮でしょうね。

扉によって一応、私のプライバシーは守られる、ということよ。

……手洗い用の部屋と、水で身体を拭《ふ》く部屋もあるわね。

ただの貴族令嬢なら、これでも屈辱的かもしれないわ。私は『まぁまぁ』ってとこね。これでも今の私は、つらく厳しく、泥くさい騎士の道を進んだ身。もう、この程度なら平気なのよね。野営訓練《やえいくんれん》に比べれば、というか。

「ねぇ、リュジー」

「なんだ？」

相変わらず私の服の下にいるリュジー。いくら影だからって、他に隠れる場所、ないのかしら。なんだか肌が、むず痒く感じるのは気のせい？　影なのに触感もあるのよね、彼。

「貴方は私に何をしてくれるの？」

「別に？」

「……」

私は、ベッドの上に横たわりながら、ヒクヒクと頬を引き攣《つ》らせた。

「貴方、私に力を貸すとか言わなかったかしら？」

「貸しているとも。しかし、行動するのはお前だ、キーラ。基本、俺はお前を見て楽しむ立場だからな？　ほら、人間って面白いだろう？　見ているだけが一番。くくっ」

や、役立たず……。ただの冷やかしかしら。お喋《しゃべ》りの相手になるぐらいね。

「悪魔ね、貴方って」

「悪魔だとも」

そうすると、私は今、悪魔にとり憑《つ》かれているわけだけれども。

神に従うよりはマシなのかしらね？

「もしかして人生をやり直しなんてしなくても、しばらくすれば、こうして貴人牢へ移されていたのかしら、私。だったら、もうあの人生は何だったのと思うけれど」

「いいや。それはないだろう」

「……どうして？」

「あの男、大神官だったか？」

「エルクス様？」

「名前などどうでもいい。あいつが来た理由は、キーラ。お前が俺を受け入れたからだ」

「……どういうこと？」

「奴は、誰かが悪魔と交わったことを知ったのさ。それを王の過ちだと思い込んで、行動している。だが奴の本来の目的は、俺とお前が神に逆らうのを罰することだ」

私たちを罰すること？　それは……でも、そうね。だって私は悪魔と契約したのだもの。

「……じゃあ、大神官様の目的は、私たちなの？」

「そうだろうな。王を糾《ただ》すことじゃあない。今は勘違いしているだけだ」

「……そう。じゃあ、エルクス様には注意を払わないといけないわね」

「くくっ。滅多《めった》なことじゃ気付かれないさ。お前がアイツと関わる機会もないだろう？」

「……それはそうかもしれないけど」

服の下を見られなければ気付かれない？　そんなものなのかしら？

こう、迸《ほとばし》る悪魔のオーラとか、ないのかしら。大神官様にだけは分かる気配とか。

「……じゃあ、リュジーを受け入れなければ結局、今も地下牢のままだったのね、私」

「ま、そうだろうな」

なんて皮肉なことかしら。悪魔と手を組んで、ようやく人並みの扱いを手に入れただなんて。

神の信徒が、悪魔憑きとなった私を救ってくれたのも、また皮肉だけれどね。

「それで？　どうするんだ？」

「……どうって？」

「これからは悪女として、キーラは復讐の道を歩むんだろ？」

「……そうねぇ」

この悪魔は見物人ね。具体的に力を貸してくれることはないみたい。

それでも、誰かが私を見ている、というのはいい。

娯楽のない牢の中で、話し相手になってくれることも、まぁ悪くないわよね。

きっと、ここからは長い戦いになるでしょうし。

「まずは情報の整理かしらね。色々と考える時間を作るには、牢獄生活も悪くないわ」

なにせ今の私は、5年もの月日、別の人生を過ごした私なのだ。

何が今の人生の出来事で、何が二度目の人生の出来事か。

そして二度目の人生で得た知識を、この人生でどう活かすか。

考えるべきことは沢山ある。他のことをせずに、ただ思索《しさく》に耽《ふけ》るのも悪くないってものよ。

「くくっ。少し見ない間に、逞《たくま》しくなったもんだ。未来の王妃が」

「……ふふ。これでも私、騎士になろうと訓練の日々を重ねてきたのよ？　前よりも多少は、打たれ強くなっていると思うわ」

「それは何より」

二度目の人生の記憶。

私は投獄された時間より、5年前の時点の私になり、人生をやり直した。

そこでは王の妻になるためではなく、騎士になるために時間を積み重ねたわ。

既に覚えていた王妃教育など、受ける必要がなかったから。

「……」

私は、自分の手の平を見る。そこにあるのは『貴族令嬢の手』だ。

訓練の日々を過ごした『女騎士の手』ではなくなっている。

（5年間、鍛えた分の身体能力は失ってしまったわね……）

戦闘経験だけはあるけれど、運動能力的に荒事《あらごと》をこなすのは厳しいでしょう。

そういう場面に出くわした時や、普段の胆力《たんりょく》ぐらいなら、発揮できるかもしれない。

王妃教育で培った知識などは錆《さ》びついてはいない。

もともとの私の記憶力も悪くないのでしょうけれど……。

これは、たぶん最初の人生と今の私が連続しているから、かしらね。

反面、二度目の人生は、なんだか夢を見ていたような感覚になっているわ。

確かで、精密な記憶ではあるのに、どこか他人事《ひとごと》。そんな感じ。

「……まるで夢を見ていたかのように感じるわ。二度目の人生のことを」

「くくっ。実際、そうかもしれないぞ？　今となってはすべて夢・幻と変わりない。なにせお前はもう、あちらの歴史に戻れないのだから」

「……それもそうだけどね」

この感覚について、ありがたいことといえば……そうね。

歳を取っている感覚がない、ということかしら？

精神年齢が5年分プラスされているはずだけれど、そんな感覚はない。

むしろ精神の休養が取れて、やり直す前よりも元気になったぐらいよ。

「肉体的、精神的には、こんなところね……」

プラスされたのは、５年分の、異なる視点からの知識。

私は、レグルス王の思考を誘導した犯人、黒幕を知っている。

聖女の父親、デルマゼア・ラ・ミンク侯爵が、レグルス王の心を誘導していたのよ。

……きっと今のレグルス王が私を憎んでいるのも、彼の動きによるところが大きい。

ただ憎むだけなら、それでいいものを。今の彼もまた、私を愛している可能性がある。

ただし二度目の人生では、聖女の毒殺は起きていないから毒殺事件の犯人までは分からないわ。

「……一番、ミンク侯爵が怪しくはあるけれどね」

私の得た知識は、今回の事件に直接は役に立たないわ。

ミンク侯爵は怪しいけれど、毒を飲んだのは彼の娘のユークディア様よ？

助かったとはいえ、父親が娘にそんなことをするかしら？

私のお父様ならば絶対にしないわね。

「……エルクス様と神殿が毒殺犯を見つけるなら、それもよし」

真犯人が見つからないことには、私の容疑は晴れない。

「……私がここでできることは限られているわ」

「そうだな」

「だから」

「おう」

「何もしないわ」

「……」

と、私は目を閉じて、ベッドに身を預け、脱力した。すやすや、よ。ふふっ。

「おい」

と、暇が嫌いなリュジーが、抗議するように囁いてきた。

「だって何もできないじゃないの。リュジーは思わせぶりなことを言うだけで、役立たずだし」

「誰が役立たずだ」

実際、牢獄の中でできることなんて、ほとんどないのよねぇ。

誰かが来たなら会話もできるけれど……。

「今は大人しくしている時なのよ、リュジー」

「……やれやれ。退屈な展開だな」

「状況を動かしたいのなら、別にもっと力を貸してくれてもいいのだけど？」

「……悪魔を動かしたいなら、その時は取引による代償が必要だ」

「前は別にそんなものいらないって言っていたくせに……」

「よく覚えているな。キーラにとっては、もう5年前の話だぞ」

「今の私にとっては数日前の感覚よ。二度目の人生の記憶よりも鮮明なぐらい」

「……ほう」

そういう私の視点での見え方は初めて知ったのかしら？

「力。力ねぇ。俺がお前に貸すのでないならば、できることはあるが？」

「うん？　どういうこと？」

「お前に魔法が使えるようにしてやろう」

「魔法！」

まぁ、まぁ！　魔法ですって？　そりゃあ悪魔ですもの。それぐらい使えるわよね。

私は、ガバリと身体を起こしたわ。

「それって本当？　私にも魔法が使えるの？」

リュジーは、私の髪の毛の中に影を、その身体を潜《ひそ》ませている。

だから、目を合わせづらいのだけど。

彼の体温は感じるから、私は自分の髪を撫でるように、手を添えたわ。

ほんのりと彼の温かさが、手を伝わる。

なんだか、髪の中や服の中に、小動物を飼っているような感覚ね。

「……キーラでも魔法を使えるようにはなるが」

魔法なんて、神官様でも使えないのに。

聖女は神に仕える立場から、そう呼ばれるもの。

つまり、魔法なんてものが使えれば、私は、この国で最強の存在になれてしまうわ？

まぁまぁ！　それって、とっても素晴らしいわね！

私は、目をキラキラさせて、リュジーの言葉の続きを待ったの。

「……何を考えているのか知らないが、万能の魔法など使えないぞ？」

「え？　じゃあ、あれかしら。私の意思で時間を遡ったりできるの？」

それはそれで強力過ぎる力よね。悪くないわ。

「できない。それは俺の力であって、お前が使える魔法ではない」

あら。残念。でも強力過ぎる力でしょうし、それでいいのかしら。

「じゃあ、私はどんな魔法が使えるようになるの？」

「それは、お前次第だ、キーラ」

「ええ？」

私は首を傾げたわ。どういうことかしら。

これも謎かけ？　捧げる代償が大きいほど、強い魔法を覚えられるとか。

「キーラ。お前個人だけが使える魔法を呼び起こすのさ。使うには代償がいる。そして、制限もある。使えるのは一度きりの、お前だけが使える固有魔法だ」

代償と制限付きの、一度きりの魔法？

「……制限というのは、回数制で一度きり、ということ？」

「そうだ」

「……代償は？」

「お前は『何か』を必ず失う。そして、その魔法を使えるのは生涯で一度きり」

また、そういう失う系の代償なのね。流石は悪魔というところかしら。

「……重い制約ね」

「くくっ。悪魔が授ける魔法だぞ」

まぁ、それもそうよね。

「……それで、どんな魔法なの？」

「キーラ・ヴィ・シャンディスという女の『起源』に属する魔法」

「……起源？」

「その人間を一言で表現する言葉だ。その者を体現する言葉が、固有魔法となって形を成す」

起源。私を一言で表す言葉の、魔法？

「……その魔法が、何かを失う形となって使えるようになるの？」

「そうなるな」

「……私を表す言葉って何かしらね」

復讐、かしら？　うーん。復讐魔法。どんな効果の魔法なの？

ちょっと怖いわね。

「くっ。暇な時間は、魔法を汲《く》み出す時間に当てればいい」

汲み出す。ということは、私の中にある何かを引っ張り出す感じかしら？

また心が関わってきそうね。

思えば、時間と影の悪魔と言いつつ、リュジーは心も取り扱っていたわ。

「いいわよ。切り札があるに越したことはないもの。リュジー。私に魔法を授けてちょうだい」

そうして私は、悪魔から魔法を授かるの。

私だけの、一生で一度きりの、固有魔法《ユニーク》。

……リュジーと過ごすのは楽しかったわ。

何もない牢屋の中でも寂しくはなかった。もしも、不満があるとしたら。

「……リュジーはエッチね」

「はぁ？」

「くすぐったいのよ、身体が」

「ああ、まぁ、気にするな」

気にしますけど？　ずっと私の服の下に潜んでいるのよね、彼。

寝る時も、ずっと一緒。まるで男の人に抱かれて眠る感覚。

……親に抱かれるのとは違う、感覚。

（私って乙女なのよね、まだ……）

二度目の人生は、結婚式の前日で放棄《ほうき》した。

最初の人生、今の人生は言わずもがな、だ。だから……まぁ、初夜とかは未経験。

リュジーが男性なら、レグルス王より先に床を共にしたということになるのかしら？

「ふふっ」

それって、何だかおかしい。とても愉快だわ。

……レグルス・デ・アルヴェニアは私のことを愛している。

それが二度目の人生で、私が知った真実だった。だから最初の人生の彼も、また。

なら、今の私が彼を愛していないことだけでなく、私が、他の誰かに抱かれることもまた復讐……ということになるのかしら、ね？

6章　悪女と聖女

「……もう大丈夫なのか、ユークディア」

「はい、レグルス様。王宮医の処置が適切だったようです」

ベッドに横たわるユークディアを、レグルス・デ・アルヴェニアは見舞っていた。

王城では大神官エルクスの主導で、ユークディアの毒殺未遂事件の調査が行われている。

聖女の容態の確認も、神殿が改めて行ったが、順調に快復しているようだ。

「……犯人は分かったのですか？　レグルス様」

「そんなものキーラに決まっているだろう！」

「それは、そうかもしれませんけど……」

二人がそんなやり取りをしているところに。

「何が、それはそう、なのでしょうかね？」

「きゃっ⁉」

声をかける者が現れた。不老の大神官、エルクス・ライト・ローディアだ。

女官や護衛が控えているとはいえ、王とその婚約者の逢瀬の場に、堂々と彼は割って入る。

「……貴様」

「はい、陛下。少し話をしに参りました」

「……大神官殿は、己の権利を履《は》き違えているようだな」

「おやおや。国王陛下がそれをおっしゃいますか？　真っ当な手続きを取らず、証拠もないのに、ユークディア様を毒殺しようとした犯人をキーラ様に仕立て上げた、その口で？」

「キーラ以外に誰がユークディアを狙うというのだ！」

「そうですね。前にも言いましたが、レグルス王にとっては、ご無事な聖女様よりも、キーラ様を貶める方が重要なご様子ですから」

「ふざけるな！」

「……ふざけていると思うのですか？　侯爵令嬢を、いわれもないまま貴人牢にすら入れず、地下牢に放り込むような真似をして。王国に残った唯一の王族とはいえ、そんなことをしていては、臣下達は従いませんよ。これは親切な忠告と受け取っていただきたい」

「貴様っ……！」

「へ、陛下……。落ち着いてくださいませ」

「っ！　……ユークディア」

レグルス王は、いつも彼を癒《いや》してくれる聖女、ユークディアに手を取られ、頭に昇った血を下げようとする。大神官エルクスは、その様子を冷めた目で見つめた。

「……第一、お話ししましたようにキーラ様には、ユークディア様を殺す動機がありません」

「動機ならば……」

「ないでしょう。だって彼女は、レグルス王《あなた》を愛していないのですから」

「ッ！　そのような言葉は、ただの出まかせだ！」

「ぶはっ！」

王の言葉に対し、神官エルクスは噴き出すように笑った。

神官でさえなければ切って捨てているところだと、レグルスは思う。

「出まかせ？　出まかせですか？　あはは！　いえ、出まかせではありません。彼女は、堂々とおっしゃっていましたよ。レグルス王を愛していないと！　貴方達の仲を祝福すると！」

「……そ、そんなの。口では何とでも言えるではありませんか？　大神官様」

聖女ユークディアが、エルクスにそう言い募った。

「それはそうですね。ですが、そういう問題じゃないのですよ、ユークディア様」

「ど、どういうことです？　何か他に証拠でも見つかったのですか？」

「いえ、失礼。動機の話でしたから。これは私の話運びが悪かったですね。キーラ様の疑い、それ自体を消す根拠は、まだ見つかっていません」

「では、やっぱり、キーラ様が？」

「いいえ？　キーラ様が貴方を毒殺しようとした証拠もまた、まったく見つかっておりません」

「えっと……」

「つまり彼女が疑われているのは、今もって、ただの心証『だけ』なのですよ。それもレグルス王の身勝手な思い込みに基《もと》づいた話です。疑う根拠さえないのと同じですね」

「誰が身勝手なものか！」

「身勝手ではないですか。だって国王陛下、貴方は彼女の言葉を否定する必要はありません。彼女が犯人かもしれないことと、今は貴方を愛していないことは両立するのですから」

「……ッ！」

「どういうことですか、大神官様」

「簡単ですよ。ユークディア様。事件以前の彼女の心は分かりませんが……。少なくとも今の彼女は、もうレグルス王を愛していない。それだけです。そりゃあそうでしょう？　自分の言葉をまるで聞かずに、それも地下牢に放り込むような男を誰が愛するというのですか」

「……それは。でも、キーラ様は」

「貴方の目からは、彼女はレグルス王を愛しているように見えた、と？」

「は、はい。愛していたと思いますわ」

「……ふふ」

「な、なんでしょうか」

「キーラ様の気持ちをそう判断しながら。彼女が婚約者であると知りながら。貴方は平然と、レグルス王との仲を深めてきた、と？　神の予言であることもまた知りながら？」

「なっ！　そ、それとこれとは別の話です！」

「一体、何が別なのやら……」

「いい加減にしろ、大神官。王である私どころか聖女すら愚弄《ぐろう》するのか？」

「――愚弄しているのは、お前だ。レグルス王」

「……!?」

不老の大神官エルクス・ライト・ローディアは、声を厳しく低いものに変える。

警戒と緊張が、部屋の中に充満した。エルクスから、得体の知れない存在感が放たれる。

大神官。神の代理人。たとえ王とて、簡単には手が出せない者の、滅多《めった》に見せない怒り。

「神の予言を身勝手に覆し、踏みにじるような真似をしておいて、よくもぬけぬけと」

「……」

「レ、レグルス様……」

「はぁ……」

エルクスは溜息を吐く。低く鋭くした声を、ふっと和《やわ》らげてから、彼はまた続けた。

「……陛下。ユークディア様。私が言いたいことは、ですね。彼女が貴方を愛していないことを、『出まかせ』だと罵った貴方の言葉はおかしい、ということですよ」

「……何がおかしいというのだ」

「だってそうでしょう？　それではレグルス王は、まるで彼女に自身を愛していて欲しいかのようではありませんか」

「ッ！」

「……え」

「別のことなのです、陛下。彼女の今の愛と、事件が起こった時の彼女の感情は。罪人として、彼女を糾弾《きゅうだん》したいならば、冷静にその点を指摘すればいい。ですが貴方は、彼女の気持ちこそが大きな問題と捉《とら》えているように見えます」

「……」

「れ、レグルス様。ですが、貴方は私を愛していらっしゃるって」

「……もちろん。私が愛しているのはユークディア、君、ただ一人だけだ」

レグルス王は、聖女を見つめてそう告げる。だが、その言葉はどこか白々《しらじら》しく聞こえた。

聖女ユークディアもまた、そのように感じ、それは大神官も同じだった。

「ふふ。それでは問題ありませんね。少なくともキーラ・ヴィ・シャンディスを、レグルス王の側妃に据える必要はなくなりました。神殿の方でもそのように正式に動きましょう」

「何だと!?」

「え、その。でも、どういうこと？」

「国王陛下が彼女を疑い、牢にまで入れたのです。正式に、婚約破棄を突きつけたそうですね。そしてキーラ様ご自身からも、側妃などなるつもりはないとのお言葉を、この私が聞いております。そして、これは私にとって何より重要なことなのですが……」

「……え、ええ」

「――神は、予言を否定されました」

「……な」

「現存する予言の記録すべてが、神によって焼かれ、灰となってしまいました。神は予言を否定したのです。『キーラ・ヴィ・シャンディスを王の伴侶とする』必要性はもうなくなりました。また『ユークディア・ラ・ミンクを神に仕える聖女とする』必要もなくなったのです」

大神官は、ニコリ、と二人に微笑みかける。

よろしいでしょう？　と。

「お二人の望み通りになります。聖女として神殿に入る必要のなくなったユークディア様。ならば、侯爵令嬢である貴方を正式に王妃に迎えても信徒達は否定しません。二人の間に確かな愛があるならばなおのこと。ミンク侯爵家という家柄も悪くはありませんし。そうなれば……そうですね。ユークディア様にはいいことづくし、でしょう？」

「それは……そう、なのかしら？　でも聖女と呼ばれなくなるということですか？　困ったわ。意外と気に入っていたのよね、その呼び方」

「貴方は、これから王妃となられるのでしょう？　流石に王妃と聖女の両立は難しいかと。神の予言が燃えたのは、神からユークディア様の婚姻への祝福とも解釈できますね」

「まぁ！　そうなのかしら。だとしたら嬉しいわ！」

「そして、キーラ様はお二人の仲を祝福すると言い、側妃の立場も辞退されたのですよ。ユークディア様を王妃として正式に迎えるならば、側妃を迎える必要もありませんよね。大神官として国王陛下に宣言します。キーラ様を王の伴侶にする必要はもうありません」

「……ッ！　貴様は！」

喜びに顔を綻《ほころ》ばせるユークディア。

それとは逆にレグルス王は、表情を歪ませた。

その対照的な二人の表情を見て、大神官は呆れたように微笑む。

「まだ床に伏せるユークディア様にいい報せを伝えたつもりなのですが……。お気に召さないのですか？　二人の婚姻を神殿が認めて祝福し、王の唯一の妃に据えればいいと申し上げているのに。お二人は愛し合っているのですから、これ以上のことはないのでは？」

「そ、そうね。それは嬉しいこと、喜ばしいこと、だわ。そうですよね？　レグルス様」

「あ、ああ……。だが、それは……」

「安心してください、ユークディア様。私が、王の伴侶を貴方のみとするよう、神殿を挙げて訴えますからね。聖女の称号についても考えておきましょう。名だけになるかもしれませんが」

「あ、ありがとうございます！　大神官様！　私、もっと怖い方だと思っていました！」

「ふふ。素直でよろしいですね、ユークディア様は」

「あっ、でも私は、私を毒殺しようとした人が誰か分からないままなのは怖いわ。今、神殿が調査を担当されているのでしょう？　犯人はしっかりと突き止めて欲しいの」

「……ええ。全力を尽くします」

「その、それがキーラ様であっても、罪人は罪人だから、変に庇わないで欲しいのだけれど」

「……ご安心を。罪に対して罰を与える。神官として、そのことを違《たが》えるつもりはありません。神殿の者達も、です。ですが、ここは王宮。疑わしいだけの人物ならばいくらでも用意できることをお忘れなく。私は、真実でなければ人を裁くことを認めません」

「でも……キーラ様は」

その様子では聖女もまた、キーラを犯人だと決めつけている様子だった。

エルクスは、呆れたように溜息を吐く。

「ユークディア様が安心できるように言葉を持ってきたのですけれどね。……そうだ。どうでしょうか、ユークディア様。貴方もキーラ様にお会いされては？」

「え？」

大神官の発言に、レグルス王はまた怒りを露《あら》わにする。

「何だと！　何を考えている！　キーラはユークディアを毒殺しようとした女だぞ⁉　そのキーラにユークディアを会わせるなどと！」

「……まだ犯人と決まっていませんよ。証拠もないと何度も言っています。ユークディア様、貴方も、彼女の口から、彼女がもうレグルス王を愛していないことを聞くといいでしょう。話せば分かりますよ。きっと貴方のことも恨んではいません。もしも、この婚約に少しでも罪悪感を抱えていらっしゃるならば、これから王の唯一の妃となることに対して、きっと貴方の心の支えとなるでしょう」

「……、それは……はい。大神官様がそうおっしゃるのなら……」

「ユークディア！」

「まぁ、体調がもう少し良くなってからでいいとは思いますけどね」

「……分かりました。キーラ様は、牢の中なのですよね？」

「ええ。今のところは。キチンと貴人牢に移させましたよ」

「鉄格子が私たちの間にちゃんとあって、彼女は檻の中に閉じ込められている？」

「……そうですよ」

「そう。それなら、襲われる心配もなくて安心だわ」

「……もちろん、彼女の潔白《けっぱく》が証明されたあとで会いに行かれても構いませんが」

「いいえ。私、近いうちにキーラ様に会いに行きますわ。だって、神官様がそう薦めてくださったのだもの。ね、レグルス様。いいでしょう？」

聖女ユークディアは、そう言ってレグルス王に微笑みかけるのだった。

◇◆◇◆◇

リュジーと魔法を修得すべく訓練をしたり、お喋りをしたりして牢の中で過ごす毎日。

悪くはないと感じる時間。だけど、その日は珍しい来客があったわ。

本当に珍しいこと。牢の外から話しかけてくる人はいないですからね。

「キーラ様」

「……まぁ」

食事を運んでくる無言の者達以外は、私を訪ねてくる者さえいなかったけれど。

驚きの人物が、鉄格子の向こうに立っていたの。

黒い髪と、赤い瞳をした、私と同じ年頃の、とても可愛らしい女性。

高貴な身分を示すドレスを着ている。心なしか、普段よりもお洒落をしている様子だわ。

『……あれは誰だ？』

私の耳元をくすぐるようにリュジーの声が聞こえた。

他の人間に聞こえないように絞《しぼ》った声。触れているからこそ、ようやく聞こえるような声よ。

彼は影の悪魔だから、私の服の下だけじゃなく、髪の毛の下にも身体を移せるのよね。

だから、いつでも耳元で小声で囁きかけることができる。

(これ、肌が触れあっている感触がして、くすぐったいのだけど……)

なんだか人らしい肌の温度を感じたりもするし。

実質、私はずっと彼に抱き締められながら、耳元で彼の言葉を聞きながら毎日を過ごしているようなものだ。蜜月《みつげつ》の夫婦でも、ここまで一緒に過ごす関係はないだろう。

まさに、悪魔に取り憑かれている状態、よね。

……でも悪い気分じゃない。

誰も口を利かないように徹底された場所で、リュジーは話し相手になってくれている。

人間というのは、話し相手を必要とする生き物だ。

だから、無視や無言といった対応を取られるのは、普通は堪《こた》えるもの。

それを彼らは分かっていて、私に対して無言を貫いているわけだけど……。

リュジーと会話し、コミュニケーションを取っている私には、今の環境はさしてストレスになっていない。彼らの私への仕打ちがまったく無意味と考えると、くすりと笑いが零れたわ。

「キーラ様。貴方とお話がしたいのよ。だから、こちらに寄ってくださらない？」

と。彼女のことを忘れていたわね。それにリュジーの問いかけも。

「聞こえていますわ。聖女の、ユークディア様。私は、ここで貴方の話を聞いていますよ」

私は今、ベッドの端に座って、鉄格子の方に身体を向けている。

ユークディア様は、鉄格子の向こうで立って、こちらに話しかけていた。

『ほう。アレが噂の聖女か』

私は声には出さず、無言で頷いてリュジーに答えた。

あんまり近寄ったら、リュジーの存在を気取られてしまうかしら？

悪魔が見つかったりしたら、それこそ処刑ものよね。まぁ、怖い怖い。

「……キーラ様の顔色が近くで見たいの。苦労していない？」

「ご心配なく。体調は崩していません。それに食事は朝昼、滞《とどこお》りなく運ばれてきますので。今は特に困ったこともありませんわ。ふふっ」

「……困ったことがない、ですって？」

「ええ」

そんなに驚くことかしら？　それとも期待通りじゃなかった、かしらね。

「貴人牢とはいえ、あのシャンディス侯爵令嬢が、投獄されて困ったことがないのですか？」

「ええ、そうですわ。ユークディア様。とても快適に過ごしておりますわよ」

「……ああ。元は、地下牢へ投獄されたのですものね。それに比べれば、きっと、この貴人牢は天国にも思えるのでしょう」

「ふふ。おかしなことをおっしゃるのね、ユークディア様は」

「……おかしなことですって？」

「地下牢も貴人牢も大した違いはありませんでしょう？　むしろ、この機会にどちらの牢にも入れたのは、とてもいい人生経験になりましたのよ？」

「……人生経験、ですって？　キーラ様。貴方、自分の立場を……」

「だってそうでしょう？」

私は、聖女ユークディア様の言葉を断ち切るように言葉を重ねて笑った。

「何の罪もない私は、いずれ牢から出されるのは決まっていることです。ですから、一時《いっとき》の素敵な体験と思えば……ふふ。悪くないですわ。私、お父様や侍女達にここでの話を聞かせてあげるのを楽しみにしていますのよ？」

「貴方……」

「ああ、もちろん、来客は歓迎するわ。わざわざ私のために足を運んでくださって、ありがとう。ユークディア様。ええ。外の者に命じて椅子でも持ってくればよろしいわ。そこの廊下は冷たいかもしれないけど、楽にしてくださって構わないわよ。私も楽にしていますわね。ええ、貴方をここで待っていて差し上げるわ。ふふ」

「……！」

私は、ベッドの端で足を組んで見せたわ。『悪女ポーズ』ね。牢獄の中では、まぁ時間があるもの。リュジーに指導を受け、いかにも悪女っぽい仕草《しぐさ》を身に付けていたのよ？　ふふ。ゴテゴテしたドレスでもないし、さまになっていると思うわ。

「……随分と、態度を変えられましたね、キーラ様」

「そうかしら？　ああ。そうかもしれないわね。でも私、本当は前からこういう女なのよ？」

「……そんなことはありませんわ」

「はい？」

私は首を傾げた。彼女に否定されるとは思っていなかったから。

「キーラ・ヴィ・シャンディスは、誰よりも優れた、美しい王宮の花。立ち居振る舞い、頭脳、すべてが王妃の器として育った白銀《はくぎん》の美姫《びき》。……そう言われているのをご存知《ぞんじ》で？」

「……いえ。初めて聞きましたが」

二度の人生の中でも初めての言葉よ。

それも、聖女ユークディア様の口から聞けるとは思えないほどの、称賛《しょうさん》の言葉。

「誰よりも貴方は、レグルス王に仕えようとした忠臣でもあったはずでしょう？」

「まぁ、それは否めませんね」

「……そして、レグルス様を心から愛していたわ、貴方は」

「ふふっ。愛、ですか？」

私は、想像通り過ぎる言葉を聞いて、つい笑ってしまったわ。

「……何を笑うのよ」

「いえいえ。そうですね。王妃となるユークディア様には、その誤解を解いて差し上げるのが先ですわよね」

「誤解ですって？」

私は、そこで初めて立ち上がり、鉄格子の前まで歩いていったわ。

鉄格子越しに聖女と対面する、私。悪魔を服の下に棲みつかせ、常に悪魔に抱擁され。

その悪魔の囁きに耳を傾ける、悪女。悪女と聖女の対面だなんて、なんだか演劇みたいだわ。

「はい。聖女ユークディア・ラ・ミンク様。ご安心ください。私、キーラ・ヴィ・シャンディスは、レグルス王のことを欠片も愛しておりません。むろん、彼を王としては認めていますが……。一人の女としては、彼を男性として見ておらず、貴方の恋敵《こいがたき》になどになるつもりはございません。神の予言に縛られていたせいで、長く解放されませんでしたが……。ユークディア様のお陰で解き放たれました。真《まこと》に感謝しております。ユークディア様」

私は、そこでカーテシーをしてみせたわ。微笑みながら。

「それこそ貴方の愛が、私を運命の鎖《くさり》から解き放ってくださったのです。聖女ユークディア様。レグルス王と貴方の紡ぐ『愛と未来』が、王国に光を照らすことを、心より祈っておりますわ」

私は、極上の微笑みを浮かべてみせる。

飾らない、悪意のない、心からの笑顔だと思わせるような、そんな表情よ。

鉄格子の向こうの聖女は、悪女の私の微笑みに目を見開き、顔を歪ませる。

悪女と聖女の、対照的な対峙《たいじ》。

「……ッ！　そんなはずはない！」

「はい？」

私は首を傾げる。何がそんなはずないのかしら。

「貴方はレグルス様を愛していたでしょう？　絶対に！」

「……はぁ。まぁ、体面《たいめん》もありますので、公《おおやけ》の場などでは、そう演じることもございましたが」

「演技ですって!?」

「あ。もちろん、レグルス王は素敵な男性ですよ？　ユークディア様」

「はっ!?」

あくまで私は彼に何の興味もないように。彼女を気遣《きづか》ってあげたの。ふふ。

「ただ、私個人が彼に愛情や恋愛感情を抱いていないだけで、彼の男性としての魅力を否定しているのではありませんわ。ですので、ユークディア様にとっては、きっと魅力的な殿方《とのがた》ですわよ。私も、そのように男性を愛する機会に一度は恵まれたく思いますわ。本当にお羨ましい。ふふっ。お二人の仲、私も心から応援していますわね。どうか、お幸せに。うふふっ」

「……っ！」

ユークディア様は、私のことを忌々《いまいま》しそうに睨みつけた。

せっかくの可愛らしい顔が台無しに……ギリギリなっていませんね。

歪んでも、まだまだ可愛らしいお顔。

愉快な話なのだけれど。彼女や、そしてレグルス王にとって。

『キーラがレグルス王を深く愛している』というのは、とてもとても重要なことらしいの。

二度目の人生のことがあるから、レグルス王は分かるのだけど……。

ユークディア様にとって、私が彼を愛している必要はまったくないと思うのだけれどね？

こうして会話することで、彼女のスタンスもまた、レグルス王と大差ないと確信を得たわ。

『キーラはレグルス王を愛していない』

たったこれだけの言葉で、面白いぐらいに彼や彼女は動揺し、激怒するの。

檻の中で外の世界に対して何もできない私なのに……、ふふ。

この言葉を繰り返し囁くだけで、彼や彼女の心が揺れ動くのだから。

なんだか、とても愉快だわ。

「……キーラ様は、態度を改めるべきですわ」

「はい？」

「貴方は今、罪人として、そこに囚われていることをお忘れなのではないですか？」

「……と、おっしゃいますと？」

「私が望めば、日に二度の、貴方の食事を、持ってこさせないことができるのですよ」

「……まぁ」

何を言い出すのかしら、彼女ったら。

「檻の中に入れられるというのは、そういうことだということを少しはお分かりいただけましたか？　貴方は今、反省するように促されているのです。罪を悔い改め、自らを見直す機会を与えられているのですよ？　だというのに、貴方はそれをまるで分かっていないご様子ですわ」

ふぅん。彼女の中では犯人は私になっているのかしら。

それは、また。当然だけど証拠もないでしょうし。そういう感情だけで動いているのね。

「……ふふ。では、ユークディア様は私に何をお求めになるの？　食事を奪って、それで？」

「決まっています。反省を求めているのです」

「反省、ねぇ」

してもいないことは反省できないのですけど、ね？

「ええ。私を毒殺しようとした、その罪の反省です。貴方が悔い改めるのならば、レグルス王とて、そこまで非情ではありません。それに私も彼を諭《さと》しますわ」

彼が非情でないのなら、私は牢の中になどいないと思うけれど。

もちろん、それを彼女に言ったたって仕方ないわね。

「……それで？」

私は、ユークディア様に続きを促したわ。

「こうして私も生きているし、貴方の罪を……なかったことにはできませんが、この牢から出すことぐらいは許して差し上げます」

「……はぁ」

「せめてもの情けです。貴方の人生はレグルス王のためにありました。愛だって王へ捧げたものでしょう。貴方は優秀でもあるし。側妃として、目立たないように……王のそばで仕えることを、私とレグルス王が許して差し上げます。だけど、それはあくまで、私を毒殺しようとしたことを悔い改め、反省し、謝ってからの話です。謝罪の場は、王にかけ合い、設けさせますわ。今回の事件は王宮を揺るがした大事件。神殿の者達まで巻き込んでしまったわ。だから、多くの者を納得させなければいけません。大臣達だけでなく、貴族達も集めた場で、貴方には謝ってもらいます。そこまですれば、ようやく貴方は、私の影ではあるけれど、せめてレグルス王のそばで生きることができるのよ？」

なんて。彼女の長々とした言い分を聞き流していると。

『……何だ、こいつ。何を言っているんだ？』

私にしか聞こえない声の大きさで、悪魔のリュジーが耳元で囁いた。

「ふふっ」

ユークディア様の話よりも、リュジーとのやり取りの方が楽しいわね。

「なぜ、笑うの！」

「……いいえ？　ユークディア様ったら何をおっしゃっているのやら。何も伝わりませんでしたので。再三、申し上げているのですけどね、私、レグルス王を愛しておりません。ですので、貴方様を毒殺する理由もなければ、先程のご提案を受ける意味もまるでありませんの。お分かりですか？　貴方の提案は、私が彼を愛していることを前提にしている。その時点ですべて間違いですのよ？　何もかも、ね」

「……まだそんなことを！」

「それよりも、ユークディア様に毒を盛った犯人を捜《さが》さなければ、貴方こそ満足に食事も摂《と》れないのではありませんか？　私のことよりも、ユークディア様のお食事の方が心配だわ」

「……そう」

「ええ。お身体、お大事に。ユークディア様」

私の言葉に苛立《いらだ》っていた彼女は、スンと冷めた表情に変わったの。

そして、聖女ユークディア・ラ・ミンクは私に背を向けた。

「……キーラ様への食事は、私が許可するまで出さなくていいわ。日に二度。……コップ1杯の水だけを与えなさい」

そう、監視の者に命じて、彼女は私の前から去っていった。

「食事抜きですって。リュジー。ふふっ」

「大変だなぁ。悪女様は。くくっ」

他人事のように悪魔は私の耳元で囁く。悪魔ですからね。

問題の深刻さが分かっていないのかもしれないわ。ベッドに横になりながら、彼に話す。

「人間というのはね。リュジー。水を飲まなければ4、5日で死ぬそうなの」

「ほう」

「食事抜きなら……、水と、まぁ睡眠も？　ちゃんと摂っていれば2週間か、3週間ぐらいは生きられるそうよ」

「ふむ」

「まぁ、きっと2週間後とかになれば、喋る体力もなくなっているのでしょうけれどね」

「そうか」

「……貴方、いつまで私のことを見守っているの？」

「うん？」

私は、天井を見ながらリュジーに話し続ける。

「私が死ぬ、その瞬間まで、貴方はこうしてそばにいてくれるかしら？」

「……」

「悪魔に抱かれて死ぬ。そういうのも神への反逆のようでいいと思わない？」

「……そうかもな」

「ふふ。でもリュジーとしてはつまらないかしら？　もっと派手な立ち回りが好みだった？」

「どうかな」

地下牢でないだけマシかしらね。ベッドの上で死ねるのだから。

そう口にすればユークディア様は、また私を地下牢へ運ぼうとするのかしら？

「あの女は、何の権限でキーラの食事を抜く？」

「権限？」

「あれは王ではないだろう。聖女は神殿で神に祈るだけの存在だ。お前とあの女は、共に侯爵の娘でしかない。アレにそこまでの権限があるとは思えないが？」

とても現実的な質問ねぇ。悪魔なのに、リュジーったら。

「……まぁ、私は、公式に王が閉じ込めた罪人扱いですもの。そしてユークディア様は、聖女にして、今やレグルス王の婚約者なのよ」

「アレがか？」

「そうねぇ。あれが、よ。ふふ」

彼女も侯爵令嬢として教育を受けている。目立って抜けている点なんかなかったはずね。

「アレは、王を愛しているというより、お前に執着があるようだな」

「そうなのかしら」

どうしてかしらね。王に寵愛されたなら、それでいいでしょうに。

私に執着？　一体、なぜかしら。分からないわね。

「ま、女が自分の男を他の女に自慢したがるのは、性《さが》ってものだ。快感なのさ。アレもそれに突き動かされているのだろうよ」

「……それなら友人に広めればいいのではないかしら」

私、別にユークディア様と仲良くもないのだけど。自慢されても困ってしまうわ。

「他でもないお前に自慢したいのさ。キーラが悔しがり、惨《みじ》めに泣く姿が見たい。そうすることで、あの女は初めて『勝った』と思えるんだ。くくっ。いや、人間だな。本当に人間だとも」

「……私からすれば、とても迷惑だし、気持ち悪いわ」

「仕方ない。あの女は、お前に勝つことでしか幸福を掴めないのさ。だから、そのお前が、あの王を愛していないなどあってはならない。だからこそ、その点を否定する」

「ふぅん」

ユークディア様がそう思っているとしましょう。

「では、レグルス王はどうお考えかしら？」

「……さて」

「彼は私を愛しているそうよ。ええ、まぁ、この世界では、それが憎んでいるに変わったあとでしょうけれど。他ならぬ二度目の『彼自身』に聞いたことね」

「二度目の世界で、キーラはあの王の何を見た？　聞いたんだ？」

「それは……」

思い出す。二度目の人生。最初の人生では、あれほどに私を疎んでいたはずのレグルス王が、私を求めるように追いかけてきた。私は拒絶した。悲鳴を上げた。逃げようとした。

それなのに私を追いかけてきたのよ。

「……彼は、私に真摯だったわ」

最初の人生が嘘のように。

自らの至らなさを恥じ入り、私に尽くそうとした。

かつて欲しかった、彼の愛を体現するような……偶像のあの人。

「……前王、カラレス・デ・アルヴェニア様はレグルス王子を厳しく躾《しつ》けていたの」

「うん？」

「次代の王が傲慢にならぬように、と。王子に意見ができる者など限られているが故に。前王カラレス様は、レグルス王子を厳しく躾けた。彼に優しい言葉を前王はかけなかったの」

「うむ」

「……それは親心であり、王の判断でもあったわ。けれど」

「けれど？」

「レグルス様は、父親に対して『愛』を求めていたの。厳しい言葉も聞く。王として学びもするけれど。そのなかで自身が頑張ってきたことを父に認めて欲しいと願っていらしたわ」

「……」

「けれど、前王が死ぬまで、求めた親としての愛や優しさはついぞ、彼には与えられなかった。カラレス王が遺《のこ》したものは、そのすべてが『王』としてのものだったの。王として語り、未来の王へのみ言葉を掛けたわ」

実の父の愛を、二度目の人生で改めて知った私だから理解できる。

それは、とてもつらいことだったでしょう。ええ。

「『息子よ、愛している』……そんな言葉は、今際《いまわ》の際《きわ》でもなお、カラレス王の口からは紡がれなかったわ。それがレグルス王子の傷になった」

「……まぁ、かわいそうな王子様らしいが。それとキーラを憎むことに関係があるのか？」

「あるのよ」

「ほう？」

「私は、カラレス王に可愛がってもらったわ。王妃教育に励む姿を褒めていただけたの」

「それはまた。まさか、王に愛されなかったレグルス王子の目の前で、か？」

「目の前ではないわ。けれどレグルス王子が私たちを離れた場所から見ていたことはよくあった。私が彼の姿を見つけたこともある。……将来、結ばれると分かっている王子様を、私は何度も目で追いかけたわ。彼に無邪気に微笑みかけたことも何度かあったわね」

「……おうおう」

私の無邪気さが、どれだけ彼にとって憎らしいことであったか。

「そして私のお母様」

「母親？」

「ええ。もう私の母は亡くなっているけれど。幼かった頃、レグルス王子は私のお母様に優しくされたらしいの」

「ふむ？」

「髪の色や瞳の色は私と違うけれど、顔立ちは私にそっくりなお母様。レグルス王子が一人で泣いている時、私のお母様に何度か慰《なぐさ》められた経験をしたそうよ。彼には母親がいない。早くに亡くなられたから。レグルス様は、私の母を本当の母親のように感じていたらしいわ」

そして、お母様は、やっぱり私のことをとても愛してくれていた。

「……父親であるカラレス王に褒め称えられる私。母のように慕っていた私の母、アミーナ・ヴィ・シャンディスには、娘として愛情を注がれる私。レグルス王子は、そんな私を見続けたの。己の欲しいものをすべて持っているくせに、なお。……なお、レグルス王子からの愛さえも求め続ける、傲慢な女。それがレグルス王にとってのキーラ・ヴィ・シャンディス」

私は、王妃教育を頑張っていた。それを王に労われることは、私に与えられるべき報酬だった。

そして、実の母に愛されていたことが罪だなどと、私は思わない。

婚約者であり、将来の夫になるはずの彼を愛し、愛されたいと思ったことが傲慢だというのなら、……私は傲慢でいい。

「随分と拗《こじ》らせているな。よくぞそれで、二度目の人生では結婚することになったな？」

「……私は彼を拒絶した。最初は逃げようとしたのよ。もう二度とこのような人生は嫌だったから。彼との婚約を何とか解消し、白紙にしようと頑張ったわ」

「ふむふむ」

「彼を避け、王宮で彼と接する機会は減ったわ。すると『傲慢にも王妃の座を狙う女』だなんていう、格好の攻撃要素がなくなる。そのうちにどうも自分が嫌われ、避けられているらしいと、悟ったそう。避けて、逃げようとすればするほど、私は彼の興味を余計に惹きつけてしまった」

どうして逃げる？　どうして避ける？　自分が何かしただろうか？　と。

「……彼は、私のことばかりを考えるようになったそう」

「ほう」

「あとは時間が私たちを結びつけた。彼は私の愛を求め、私は彼に愛を捧げたわ」

……だけど。

「キーラ。お前は、その愛を……投げ捨てたんだな」

「……そうよ。私は、レグルス王への愛を捨てたキーラ」

彼への愛は二度目の人生の私に置いてきたわ。

「まったく悪女様だよ、お前は。くくっ。ああ、本当に俺の好きな、悪女だ。キーラ」

「ふふっ」

リュジーに好きと囁かれるのは、悪くない。悪くないわ。

……きっと、私じゃない『キーラ』が、二度目のレグルス王のそばで生きていく。

ええ。それでいい。それでいいのよ。だから。

――この世界の私は、二度と彼を愛さない。

……改めて、そう思ったの。

7章　キーラが王宮を去った日

「ふぅ……」

ユークディア様が訪れてから、時間が経過し、３日目。

無言のメイドがコップ１杯の水を運んできた。

「朝のお水ね」

まだ２日目。この程度なら平気よ。身体は違うけれど、私は騎士の訓練もこなしてきたし。

つらくはあっても、精神的に耐え切れないほどじゃないわ。

（これから、どんどん耐え難くなってくるのでしょうけど……）

このまま食事抜きの日が過ぎれば、もって２週間か、３週間程度の命ね。

私がボロボロになった頃合《ころあ》いを見計らって、ユークディア様は再度ここを訪れるのでしょうけれど。彼女、水だけで人が何日間、生き延びられるか、とか……把握しているのかしら？

私がそうした知識を持っているのは、二度目の人生で騎士として生きようとしたからよ。

遠征する騎士は、サバイバル的な知識もないといけないからね。

（食事がしっかり摂れれば、牢の中で身体を鍛えるのもいいと思っていたけれど……）

これじゃダメね。可能な限り体力を使わないように生活しなくちゃいけないわ。

幸い、別に私が動かなくても、黙っていても、リュジーは不満を言わない。

……悪魔的には、私がこの境遇で足掻いていること自体が楽しいのかしら？

身近な同居人が、愚痴を零さず、ただただ話し相手になってくれるのは大きいわ。

無言・無音で、空腹を一人で耐え忍ぶのと比べれば、恵まれた状況よね。

（朝のお水を飲んだら、またリュジーとお喋りをして過ごしましょう……）

彼は人間のことを知っているようで知らない。知らないようで知っている。

色々と人間を観察してはきたのでしょうけれど、それは悪魔的な視点から。

意外にも彼、悪魔リュジーは、人間の生活そのものに興味を持った。

『楽しそうだ』と語ったのよ。

王妃候補として育った、最初のこの人生の話は微妙かもしれないけれど。

騎士として生きようと足掻いた二度目の人生の話は、彼を楽しませた。

（私も、様々な見識《けんしき》を広めることができたわ）

周りからすれば、一晩で私の価値観ががらりと変わったように見えるかもしれない。

されど私は、キーラ・ヴィ・シャンディス。

本人であることに変わりはないから、違和感は覚えども、別人とは疑われないでしょう。

まぁ、私が変わった一晩は、前後からしてずっと地下牢だったから……。

人が変わったのは投獄されたことが原因だ、と思われておしまいでしょうけれどね。

「ありがとう」

と、私は水を運んできたメイドに声をかける。

（あら？）

何か、何か彼女に違和感を覚えたわ。

（一体、何が……）

それを考える間もなく。

——ガシャン！　バシャ！

「……」

私が水の入ったコップを受け取ろうとした瞬間、メイドはコップの載《の》ったお盆《ぼん》を手放した。

割れるコップ。床に零れる水。私は、無感動にその光景を見る。

「申し訳ございません。落としてしまいました」

「……そう。いいのよ？　片付けはどうしましょう？　私は別に置いておいても構わないけれど。檻を開けて、貴方が掃除《そうじ》してくださるの？」

「道具をお持ちします」

「……道具を？」

「片付けが終わりましたら、鉄格子のそばに置いておいてください。私が回収いたします」

「……ふ」

つまり、この子が言いたいのは。

『お前が自分で片付けろ、ってさ。キーラ。いやいや、シャンディス侯爵令嬢？』

私にだけ聞こえるように、耳元で囁きかけるリュジーの声は楽しそうだ。

(この悪魔……)

でも、そういうことよね。リュジーは彼女の主張を代弁しているのよ。

「貴方の言いたいことは分かったわ。でも、掃除の道具よりも、新しい水を持ってきてくださる？　朝のお水がまだなのよ」

「それはできません」

「……はい？」

「水を運ぶのは1日に二度と決まっております。次に運ぶのは午後でございます」

「……貴方が、朝の水を落としたのであって、私は受け取っていないわ」

「私は、檻の中へ水を、既に運びました。檻の中で起きたことは、すべて貴方様の責任でございます。そのため、その責任は負いかねます」

「……」

私は絶句してしまった。こんなこと、初めての経験だわ。

レグルス王のように理不尽に怒鳴《どな》ったり、罵ったりするのとは違う。

(嫌がらせ、だわ)

私にとって初体験。一種の感動さえ覚えた。

「でも、私は水を飲めてないの」

「……飲み物が必要でしたら、そこに。まだ乾いておりませんよ」

そう言って、メイドは地面を指差したの。

切り揃《そろ》えられた石の床。貴人牢であるが故に、地下牢のように見た目は汚くはない。

そこには割れたコップの欠片と……床に零れた水があるわね。

つまり、彼女はこう言っているのよ。

この私に。キーラ・ヴィ・シャンディス侯爵令嬢に。

地面に零れた水を、床に這《は》いつくばって、啜《すす》れ、と！

『ははっ』

「ふっ。ふふふ！　あははは！」

リュジーが笑うのに釣られて私も笑った。大笑いしたわ。

「……」

メイドは私が怒り狂うか、それとも泣き出すとでも思っていたのか。

笑い始めた私の反応に驚き、そして一歩、後退《あとずさ》った。

(狂ったとでも思ったのかしら？　ふふ……)

「――ケイティ。ケイト・マクダリン男爵令嬢」

「っ⁉」

自分の名前を言い当てられたメイドは、驚愕の表情を浮かべる。

「匿名《とくめい》の何者かを気取るのはお止めなさい。自身のことなど何も知らないだろう、と。安全な場所から私を一方的に攻撃しても、反撃されないと思い込むのは止めなさい。貴方は『名無しの、顔の見えない誰か』じゃあないのよ、ケイト・マクダリン。私はキーラ。キーラ・ヴィ・シャンディス。かつては王の婚約者として学んだ女。王宮で働く貴族令嬢の名と顔を、知らないとでも思っていたの？」

「……あ」

ケイティは目を見開き、私を凝視する。もう遅いわ。

「貴方は自ら足を踏み出したわ。冤罪すら引き起こし、無実の相手を投獄する。そんなおぞましい王宮の争いに。貴方は自ら私を敵に回したわ。八侯爵家のひとつ、シャンディス家の一人娘を。その家門を。私は父、カイザム・ヴィ・シャンディス侯爵から注がれる愛を疑っていない。マクダリン男爵家は、シャンディス侯爵家を今、敵に回したの。お分かりかしら？　貴方が将来、何の罪もなかろうとも投獄される日が来るわ。そうして食事も与えられず、水すらも与えられない日も来るでしょう。それだけで済めばいいのだけれどね？　どうするの？　今ここで、死に物狂いで私を殺してみせないと……。貴方に『明日』は来るのかしらね？」

「……っ」

メイドのケイティは震え始めていた。

誰を相手にしているのか。それに対して己は何者なのか。それを刻《きざ》みつけてやったわ。

「ひとつ、貴方にいいことを教えてあげるわ、ケイティ」

「う……あ？　いい、こと？」

「ええ」

私は、ニコリと微笑んでみせた。

少しだけ油断したような、許されたかのような表情を浮かべる彼女。甘いわ。

「レグルス王は、私を虐《しいた》げることをお喜びになるでしょう。けれど。——彼は、私の死を望まないわ。少なくとも、このような形で私が衰弱《すいじゃく》し、死んでしまうことは。……ふふ。いいえ？　自分以外の者が、このキーラを虐げることもお喜びになるかは、分からないわね。自らの手で傷つけることを喜ぼうとも、他人の手で私が傷つけられることには、レグルス王はお怒りになられるかもしれない。私が今、牢に閉じ込められているのは、王の意向。キーラ・ヴィ・シャンディスが罪人か否かなど、問題ではないのよ、ケイティ。貴方は今、王が自ら箱に入れた宝石を傷つけている。……そうでない確信が、貴方におありになって？王の目に宿る、私に対する炎が、貴方には見えないかしら？　ねぇ、ケイティ。男女の仲には色々とあるものなのよ……？　貴方の目には、私がどう見える？　王に見捨てられた哀れな女？　それとも、狂王が大切に保管した宝物？　……私が後者でないと、貴方に判断する術はある？　ふふふ。それとも、レグルス王に報告する？『あの悪女のキーラを、こんなにも貶めて見せました』と！　王が見捨てた女だと確信するのなら、むしろ大手柄だわ！　きっと彼は褒めてくださる！　……だけれど。レグルス王が、今なお、歪んだ形ででも……私を愛していたら？　ケイティ。貴方は、私と彼の間に、勘違いで勝手に入り込んだ邪魔者でしかない。その場で王に斬《き》り伏せられないといいわね？　ふふ」

「……！　……っ！」

私は悪魔の如《ごと》き微笑みと言葉で、彼女の心を制圧《せいあつ》した。

見立てが甘い。相手を見定める目が甘い。

状況を読む力がない。そして、その身分に権威がない。

ピンクブロンドの髪と紫の瞳の男爵令嬢は、ガタガタと震えて、まるで何かに狙われた小動物のよう。

「――ケイト・マクダリン。今すぐ水を持ってきなさい。そして割れたコップを片付けるのよ。私と彼と、そしてユークディア様が立つこの舞台に、貴方が立ち入る隙などない。身のほどを弁《わきま》え、名無しのメイドに徹《てっ》しなさい。

貴方の役割は、私に水を運び、食事を運び、貴人牢の主の世話をする。ただ、それだけよ」

「は、はい……！」

ケイティは慌てて走り去っていったわ。

そして時間を置かずに、新しい水の入ったコップを持ってきた。

そのあとは床の片付けをして、彼女はそそくさと去っていったの。

「ははは！　お見事！　キーラ・ヴィ・シャンディス。流石は、悪女様！」

ただ、悪魔だけが、私の小さな戦いを褒めてくれたのよ。

◇◆◇◆◇

さらに水だけで過ごすこと、5日目。空腹が耐え難い。徐々《じょじょ》に衰弱してきているのが分かる。

喋ることすら億劫《おっくう》になってきたわね……。

「キーラ」

「……ええ」

それでもリュジーはそのまま。返す言葉が短くなっても、飽きずに私のそばにいてくれた。

今では、もうはっきりと彼の体温を感じる。私は、悪魔に抱かれたまま死ぬのかもしれない。

神が定めた運命を拒んだのだ。それも捨てられたのではなく、自らの意思で捨てて。

（当然の報いなのでしょうけれどね。神に逆らい、悪魔に抱かれる私への、当然の……）

私をレグルス王の伴侶と決めながら、私が傷つき、裏切られ、彼の愛を受け取れず、投獄されてもなお、黙っていた神。

そのくせ、悪魔と手を組んだならば、すぐさまそれを神官に知らせて動かす神！

私がリュジーの手を取らなければ、私は今も惨めに、地下牢の暗く、冷たく、固い、岩の床で横たわっていたはずなのよ。……どうして、それで神を信じられる？

それとも何だ？　これはレグルス王との愛を確かめ合う時間か？

苦しみ、砕けた心で、地下牢の暗闇の中で泣くキーラ！　そうして彼が駆けつけるのか？

『誤解だったんだ。疑ってすまない、キーラ。本当は君を愛しているよ』と！

……ふざけるな！

そんなことは許されない。そんなことは許さない。

私は、一度も地下牢に、最低の、最下層の底に沈む必要などなかった。

だって私は無実なのだ。聖女の毒殺など図《はか》っていない。

罪など犯していないのだ！

それがなぜ、いまだに檻の中にいる？　なぜ、なぜ、なぜ！

このような愛の試練など無意味で、無価値で、必要がないのだと悪魔が教えてくれた。

だって、二度目の人生でレグルス王は、私への愛を語った！

牢獄で過ごしたことなどないキーラに！

騎士を目指し、彼から離れようとしたキーラに！

レグルス王は追いすがり、愛を謳《うた》った！

二人の愛を紡ぐのに、まったく必要がない。私が地の底に沈む必要は、何も。

名誉を傷つけられ、誇りを踏みにじられる必要は、これっぽっちもなかったのだ！

……故に、これは神が与えたもう、愛の試練でさえない。

ただただ、傲慢。ただただただ、醜悪。レグルス王のただの歪んだ憎しみの発露《はつろ》に過ぎない。

……知ったことではない。その傷を癒す役目など、キーラ・ヴィ・シャンディスは背負わない。

なにせ今や、彼の婚約者でさえもない！　あの男が自ら婚約を破棄した。

そして聖女ユークディアを正妃に据えると、皆の前で宣《のたま》った！

癒しが欲しいのならば聖女ユークディアに求めればいい。道を踏み外したのは私ではない。

私は、身体の内に業火《ごうか》を宿し、薪《まき》をくべる。

私を形作り、動かすのは、もうレグルス王への愛ではない。

復讐心。神にさえ反逆するという誓い。それらこそが私、キーラなのだから。

「ふふ……」

「キーラ」

「リュジー。ずっとそばにいてね。まだ死なない。それでも最期《さいご》まで、貴方は私のそばにいて。

……ずっと私を見ていて」

私には彼がいればいい。悪魔で、影でしかない彼がいれば、それでいいのよ。

水さえあれば、2、3週間は生きられるらしいけれど。その水を飲むにも体力がいるわ。

騎士を目指した私の身体なら別かもしれないけれど、ただの令嬢に戻った今の私の体力では、
3週間も保たないでしょう……。およそ、あと1週間ぐらい。それが私の命の期限。

「……ユークディア様はまた来るかしらね。私が餓死する前に」

「どうかな。なぁ、キーラ」

「なぁに、リュジー」

「最もお前を苦しめたいのならば、耐え難い空腹の前で、一度、施しを与えるだろう」

「……施しを」

「優しさで。かわいそうだから、と言ってな。哀れみと共に1切れのパンを与え、またお前を放置する。腹に何かを入れてしまえば、きっと空腹は余計にお前を苛《さいな》み、苦しめるだろう。あの女は、その姿を見に来る。空腹に狂い、物乞いに墜《お》ちたキーラを見物しあざ笑うために」

「……そうね」

「絶望の底で、掴み取るのではなく、与えられるだけの希望こそが、最もおぞましき毒だ」

「……うん」

「お前は、誇りのために この人生に舞い戻った。ならば、あの女の施しを受け取るな。空腹のまま、誇りを持って死ね。でなければ、この人生に戻った意味がない。美味い食事を食べて幸せなキーラは、あっちの世界にいるだろう？　お前がそうなる必要はない」

「……ふふっ。ふふふ。そうね。そうだわ」

「……キーラ」

「ありがとう、リュジー。貴方がそばにいてくれるなら、私はキーラのまま死ねる」

「そうか」

——温かい。なんて温かいのかしら。

この人生では一度もあの男に与えられなかった温もりだ。

口にすれば笑われるかもしれないが、私はリュジーの言葉に、抱擁に、愛さえも感じた。

（悪魔の囁きに愛だなんてね……）

死ねと言われたというのに。それが、堪らなく嬉しいのだ。彼はキーラを肯定してくれる。

最初の人生を今、生きるキーラ・ヴィ・シャンディスの矜持を肯定してくれる。

……それでいい。それがいい。たったそれだけが私の欲しかったものだ。

レグルス王が私に与えなかったものだわ。

（このまま彼に抱かれて死ぬのなら……）

私は、私の人生をやり遂げたと言えるのかもしれない。

「……、おい、キーラ」

「うん？」

「……誰か来るぞ」

「あら」

ユークディア様かしら？　時間を思えばケイティではないわね。それとも人神官エルクス様？　そうだといいわね。捜査は進んでいるかしら？　ただ、監視の者が見回りに来たのかもしれない。あるいは……お父様？　婚約破棄の報せが入ってから移動したとしても、まだ時間がかかるはず。それはないわね。

ならば、これは望ましい人の来訪ではない。唯一、神官だけが味方とも言えるのだけど。

悪魔と手を組んだ私にとっては、最も警戒すべき相手でもあるわ。

「――キーラ」

「……え」

(その、声は……まさか)

聞き慣れた声だった。愛《いと》おしく、そして忌《いま》わしい声だった。

「起きているな？　キーラ。キーラ・ヴィ・シャンディス」

鉄格子の向こうに立っていたのは、青い髪と青い瞳をした美しい男性。

高貴な身分を示す服を着て、姿勢良く立っている、その男の名は。

「……レグルス・デ・アルヴェニア、国王陛下」

ありえない人物が、そこにいた。

◇◆◇◆◇

「……」

私は、ベッドの上で鉄格子の向こうに佇《たたず》む彼を眺めた。

（……思えば、こちらの人生に帰ってきてから、初めて彼を見るわ）

その姿は二度目の人生で出会った彼と変わらない。

けれど、表情はずっと険しい。私に愛しい者を見る目を向けることもない。

二度目の彼とは違うレグルス王。私を憎んだ男。そして私が憎んだ男。

「……何をしている？」

「はい？　何を、とは」

「王が来ているというのに、跪《ひざまず》きに来ないとは」

最初の一言がそれだったわ。チラついていた二度目の彼の姿も消え失せたわね。

「……ああ。権力を振りかざしに来られたのですね」

「なんだと？」

「不服ならば死刑にでも何でもなされればよろしいわ。そんなことでしか私の気を惹けない、哀れな男」

「な……なんだと!?」

私は、彼を嘲《あざわら》った。ベッドの上で横たわりながら。服の下にいるリュジーに触れながら。

「ありもしない罪で地下牢に投獄したのです。お安い御用でございましょう？　ふふっ。これから、いくつの無実の首が、貴方に斬られて落とされるのかしら？　地獄で悪魔と共に笑って見ていましょう」

私はベッドに横たわりながら、彼から視線さえも逸《そ》らした。

ガシャン！　と強く鉄格子が打ち鳴らされる。

「貴様！　反省しているかと思えば、よくも……！」

「反省？　何を反省するというのです。愚かな。犯してもいない罪を、私が反省することはありません。そんなことも分からないとは。……貴方は、やはりカラレス王に認めてもらうには足りない俗物《ぞくぶつ》なのですね」

ヒュッ……と息を呑むような音が聞こえた。

……これは彼にとって、もっとも許し難い言葉。

他でもない。キーラ・ヴィ・シャンディスにだけは言われたくなかった言葉よ。

私は、それを知っている。

「……」

怒りを通り越して、逆に冷静になったかしら？　言葉を呑み込んだわね。

「……私は、聖女の毒殺など企んでおりませんわ」

「黙れ」

「だって、私は貴方を愛していないから」

「黙れ」

「彼女を殺す理由がない。王妃の座になど興味がない。ましてや貴方の伴侶になど、なりたくもない。勝手に、そう、勝手に、カラレス王が私に期待し、認めて、褒めてくださっただけなのよ？　……本当に、いい迷惑の、王からの賛辞《さんじ》だったわ」

「黙れッ！」

ガシャン！　と、また強く、さっきよりも大きな音で鉄格子が打ち鳴らされた。

息も荒く、視線を向けなくても睨みつけられているのが分かる。

でも、だから何だっていうの？　何も恐れることなどないわ。

死刑になったとしても、私のそばにはリュジーがいる。だから怖くなんてない。

「……私は頑張ったから、カラレス王は褒めてくださったの。認めてくださったの。貴方と違ってカラレス王は認めてくださったわ。でも一つだけ、あの方は間違いを犯した。それだけは残念だと思うわ。そう、たった一つの間違い。神さえも間違えた。レグルス・デ・アルヴェニア。私は、貴方の伴侶になどなりたくない。貴方の愛なんていらない。貴方に指一本も触れられたくはないの」

「黙れと言ったッ！」

再び打ち鳴らされる鉄格子。

「……ふふ」

(子供みたい。いいえ、子供なのね。親の愛を受け取れなかった子供……)

私は、二度目の人生で確かめた、お父様の愛を胸に宿す。そして、聞かされたお母様からの愛も。私と彼は違う。違うのよ。

「国王陛下。……心配しなくてもいいのですよ。私は、どうせあと数日で死に絶えるでしょう。すぐに貴方の前から消えますわ。ええ、どうかお喜びを」

「……何？」

「今、この牢には水しか運ばれてきません。こうして話すこともすぐに叶わなくなりますわ。ですので、最期に、恨みつらみを吐き出しましたの。やっぱり貴方は怒ったわ」

「……待て。水しか運ばれていないだと？」

レグルス王の声から怒りが抜け落ちた。あら……。

「ええ。5日前でしたかしら。聖女様が現れましてね。私に食事を与えぬようにと。それから日に二度の水だけで生きておりますわ。長くは保たないでしょう。これまで貴方とは会話らしい会話は重ねてこなかったけれど、もうすぐ貴方に話しかけることもなくなりますわね」

「……ッ！」

私の言葉を聞いて、レグルス王はすぐに出て行ったわ。

（あら。本当にあっさり。今生《こんじょう》の別れかもしれないのに）

もしかしたら、この人生における彼は、本当に私への愛など持ち合わせていないのかもしれないわね。……そう思っていたのだけれど。

「キーラ様。大丈夫ですか？」

「……」

すぐにまた人がやってきた。現れたのは王宮医だ。

「……なぜ」

「食事を摂られていないとか。すぐに食べ物を食べては、体調を崩してしまいます。まずは、水と……」

なぜか私の治療が始まってしまったわ。

といっても、つらいのは空腹ぐらいであり、衰弱はしていたものの、病ではなかったわ。

「……？　今、何か大きな音が聞こえたような」

今や貴人牢の檻は開かれたまま、廊下の先の扉も開かれている。

王宮医とその助手達は慌てたようにここへやってきたから、そのまま。

「……おそらく、王がこの事態を招いた者達を糾弾しているのでしょう」

「レグルス王が？」

「はい。……王のお考えは分かりません。ですが、キーラ様がこのように終わることを、あの方は望んでおられないのです」

「……そう」

私は目を閉じて、王宮医に身を委《ゆだ》ねた。

……ああ。彼は、この世界でも、やはり……私のことを愛しているのね。

そう感じながら、私は意識を手放したの。

◇◆◇◆◇

「何のつもりだ」

「れ、レグルス様……。私は……」

「何のつもりだ。ユークディア」

レグルス王は、聖女ユークディアを問い詰めていた。

キーラの食事を抜き、著しく衰弱させたこと。それは間違いなくユークディアの仕業《しわざ》だった。

「は、反省して欲しかったのですわ、私は。キーラ様に」

「……反省？」

「そうです！　彼女は私に毒を盛った！　レグルス様もそうお考えだからこそ、彼女を投獄されたのでしょう!?　だというのに彼女には罪を悔い、改める素振《そぶ》りはありませんでした！　ですから私はキーラ様に反省を促したのです！　決して殺すつもりではありませんでしたわ！」

「……、反省、か」

レグルスは、椅子に腰かけ、呟いた。

「……確かに彼女は反省していなかったな」

「そ、そうでしょう!?　あんなにおぞましいことをしでかしたというのに！」

レグルスの態度に安心し、そう言い募るユークディアだったが、そこに。

「いやぁ。彼女、実は反省する必要がないんですよねぇ」

「きゃっ!?」

「……また貴様か。大神官」

二人のいた部屋を、再び大神官エルクスが訪ねてきた。

「はい。陛下。聖女毒殺未遂事件についての調査報告書をお持ちしました。取り急ぎ、容疑者キーラ様について」

エルクスは紙にまとめたものをレグルスに手渡す。

「……」

ニコニコと微笑んだまま、神官エルクスは王と聖女を見守った。

レグルスは無言で報告書に目を通すと、バサリと机の上に投げ捨てた。

「……これに何の意味がある？」

「キーラ様は犯人ではないと、確定いたしました。ですので、彼女の釈放を」

「……そんなはずないわ！」

「聖女は黙っていていただけると。思い込みでしか動かない方のようですし」

「何ですって!?」

「未確定の容疑者に対して、暗殺まがいの命令を下したとか。聞いていますよ」

「っ！」

「陛下。報告書にあるように、キーラ様が彼女へ毒を盛ることは不可能です」

「……誰かにやらせたのだろう」

「その証拠は？　あるのですか？」

「……」

「ないのでしょう。あるはずがない。初めから貴方の、貴方達の思い込みで彼女を投獄した。

レグルス王よ。貴方は王権を誤解なさっているのでは？　王だからといって不当に人を裁いていいわけではない。王権とは、神に与えられたものであることをお忘れなく。それを否定するならば、多くの信徒が貴方を否定しましょう」

「……っ！　本当に忌々しい男だ！」

「それはどうも。ともかく、キーラ・ヴィ・シャンディスは、今回の毒殺の実行犯ではありません」

「だから、それは誰かにやらせたに決まっているでしょう⁉」

「ですから、その証拠は？　神官達が目を光らせています。今さら、彼女に濡れ衣を着せるための捏造証拠など、出させませんよ。絶対に」

「なっ……。なぜ？　私は聖女で、貴方は大神官なのよ？」

「……はぁ。だから？」

「ではなぜ！　私の言葉を信じず、キーラ様の言葉を信じるのですか！」

「信じる以前の話なのですが……。あえて答えましょう。そのざまで、貴方の何を信じろと？」

「なっ……⁉」

「聖女ユークディア。キーラ様を信じているのではありません。貴方が信じられないのです」

「な、何を言っているの⁉」

「……レグルス王」

エルクスは聖女から目を背《そむ》け、王と向き合った。

「……なんだ」

忌々しそうにレグルスは答える。

「1つ。キーラ様には直接、毒殺に関わることはできなかった。その証言は出揃いました。確かな証拠もございます。まず現行犯・実行犯として彼女を投獄することには無理がありますす」

エルクスは指を1本立て、続けた。王と聖女は、睨むような目付きで大神官を見る。

三者の間には、大きな溝ができていた。キーラという女一人を巡って。

「2つ。貴方と聖女を始めとする人々が、キーラ様に対する心証的な疑いを抱いていることは事実です。彼女は貴方に婚約破棄をされた、正妃になるはずだった女性。その座を奪われ、追い立てられたのも事実。そして毒殺されかけた者が聖女であった以上、彼女が一番に疑われてもおかしくはない」

「そ、そうよ！」

「黙りなさい。今、私は王と話をしています」

「っ！」

エルクスは聖女を冷めた声で一喝し、口を噤《つぐ》ませた。

「3つ。キーラ様を投獄する根拠が心証的なものだけならば、ここで新たな容疑者が浮上することになり、その者の投獄も公平に行われなければならない、と神殿は提案します」

「……？」

レグルス王は顔を上げて、神官エルクスを見る。

「……誰のことだ？」

「それはもちろん」

ニコリ、と笑いエルクスは、手を上げ、そして指を差した。

「――聖女、ユークディア・ラ・ミンク侯爵令嬢。彼女を投獄してください」

「なっ……！　なんでよ⁉　私は被害者なのよ⁉」

「レグルス王、理由を話してても？」

「……ユークディア、黙っていろ。そして少し下がれ」

「陛下……！」

「黙って下がれ」

「くっ……！」

レグルス王が睨みつけると、ユークディアは渋々といった体《てい》で一歩下がっていく。

「……なぜ、ユークディアを投獄せねばならない？」

「キーラ様と同じく心証的な疑いです。聖女毒殺未遂事件。ですが、聖女ユークディア様は、このように元気に過ごされております」

「それで？」

「はい。ユークディア様が元気なのとは正反対に、キーラ様は療養が必要なほどに追い詰められました。他ならぬユークディア様の手によって」

「……それが？」

「であるならば、事件の真相は、加害者と被害者が逆であった可能性が浮かび上がります。ユークディア様は、明白にキーラ様を害したいとお思いで、そして行動に移された」

エルクスの言葉に、キッと無言で睨みつける聖女だが、彼は彼女を平然と無視した。

「……ならば、毒殺未遂事件のことも、そしてキーラ様がその疑いを真っ先にかけられたことも、すべてはユークディア・ラ・ミンクの企みではないか？　そうとも考えられるのです」

「な……！」

「バカなことを。ユークディアがなぜそんなことを……」

「するはずがないと？　心証ですか？　では私も一言。『キーラ様がそんなことをするはずがない』。ええ。神に仕える大神官として、信徒達にそう訴えかけましょう」

「貴様……」

「ふふ。ですから水かけ論なのです。しかし、今回の件で、そう、ユークディア様の側から、キーラ様を憎むわけがない、という言葉は成り立たなくなりました。以前は立場上、そうではなかったのですがね……。ユークディア様は、キーラ様に対して、並々ならぬ悪意を抱いておいでなのです。毒殺事件を『偽装』してもおかしくないほどに」

瞬間、ユークディアは顔を真っ赤にし、大神官に喰ってかかる。

「ば、バカなことを言わないで！　あんなに苦しい思いをして！　あれが私の自作自演ですって!?　ふざけないで！　私が生き残れたのは、ただの偶然に過ぎませんわ！　いいえ、神が敬虔《けいけん》な私を助けてくださったからよ！」

「口先だけならば何とでも言えるのでは？　やはり、ここはキーラ様と同じぐらいに疑わしい彼女を投獄すべきと、神殿としては考えるしかありませんね。なにせ、疑わしき者は問答無用で牢に入れよ、が新王陛下の方針ですから。弁明の機会さえ与える必要なし。ええ。神殿は王のそのご意向に従わなければなりません」

「……」

「れ、レグルス様。そんなことはなさいませんよね？　私を信じてくださいますよね？　私は、毒殺の偽装などしておりません！」

「……」

「既に部屋の前には神殿騎士を揃えております。陛下が許可されるなら、すぐにでもユークディア・ラ・ミンクを捕まえ、牢に連行いたします」

「ふざけないで！」

「……出過ぎた真似だぞ、大神官。ここをどこだと思っている」

「レグルス王のそばに、王国を揺るがす毒婦《どくふ》がいるかもしれない。そのように危うい場であると、この大神官めは考えておりますよ」

「ハ……」

レグルスは笑った。

「れ、レグルス様？」

「ユークディアを投獄することは認めない」

「……ほう」

「レグルス様！」

「もし私がそう言えば、なんだ？　キーラを解放しろと、訴えるのか？」

「当然そうなりますね。心証だけ、ということであれば、もはやユークディア様の方が疑わしいのです」

「な、なんでよ!?」

「……貴方は、誰の目にも明らかに、明確にキーラ様の殺害を目論《もくろ》みました」

「殺そうとなんてしていないわ！」

「ふっ……そう思いますか？　陛下。陛下はキーラ様が衰弱したご様子を見たそうですが。本当に殺意を、キーラ様の命の危機を感じませんでしたか？　本当は、もっと危なかったのではありませんか？」

「……」

「れ……」

「黙れ。ユークディア」

「っ！」

「……レグルス・デ・アルヴェニア王。どうか正しいご判断を。婚約者が毒殺されそうになったのです。そのお怒りを理解する臣下は多くいましょう。故に、初めのキーラ様の投獄について、深く否定する者は多くはいないはず。ですが、怒り狂い、いつまでも正しい判断を下せぬ王だと思われてはなりません。今回の件は、以前の決断を見返すに足る事件です。幸いにして、まだ誰も死者は出ておりません。王宮で起きたこの事件を、正しく見つめ直し、そして真の犯人にこそ、然《しか》るべき罰をお与えください。王よ。まだ取り返しはつくのです」

「……」

「キーラ・ヴィ・シャンディスの釈放を。あるいは、ユークディア・ラ・ミンクの投獄を。どちらかをお選びください、レグルス王。神殿はそのご意向に沿いましょう」

「……」

長く。長く。長く、王は沈黙した。そして。

「……キーラを。キーラ・ヴィ・シャンディスを牢から出すことを、許可する」

そう、レグルス王は大神官に宣言したのだった。

◇◆◇◆◇

私は、牢から出されることになった。レグルス王が認められたそう。

(何を理由に……？)

間違いなく聖女ユークディアの行動が絡んでいる。

とはいえ、まだ疑っているのだろう。彼は、私を。

(とにかく今は休み、体力を取り戻すことが大事だわ)

投獄されてからの、食事抜きの5日間。私の身体はとても弱っていた。

死にそうなほどには遠いが、それでもよ。

「……」

スープを飲む。医者に言われたように、ゆっくりと。侍女を付けると言われたが、自力で飲むと断った。今は、悪いけれど、どの侍女であろうとも、信用はできないもの。

二度目の人生と違い、今の私は正妃の座を追い立てられた女。

権力的な甘い見返りが期待できない以上、もはや私は、王宮に勤める者の大半にとって、敬遠すべき存在よ。

(聖女ユークディア様が、今やレグルス王の正式な婚約者であることには変わりない……)

ならば、聖女が明確に『敵』と見做《みな》した私を、聖女への思いやりで害そうとする者は、王宮にいてもおかしくないでしょう。権力争いに固執《こしつ》するなら、味方を増やすところだけど。

私は、ここを去るつもりよ。だから必要ないわね。

「キーラ」

「リュジー？　どうかした？」

「俺が持ってやろうか？」

「……え？」

「スプーン。まだ手を上げるのもしんどいだろう」

「え、あ、うん……え？　まぁ、そうだけど」

（え、何？　リュジーが優しくしてきたわ⁇）

「とはいえ、リハビリも兼ねる。だから、こうしてやる」

「あっ」

服の下。袖の下の肌を、彼の体温が移動する。

——ゾクリ、と、身体が震えた。

恐怖や嫌悪感ではない。……快感だ。

（悪魔だからかしら。リュジーに肌を触れられると気持ち良く感じるのよね……）

……私は処女だ。それは二度目の人生を含めても。

二度目の人生では、結婚式の前夜に抜け出したから、初夜も迎えていない。

今回の人生など言わずもがな。

だから私は『男性』を知らない。肌に触れられる悦《よろこ》びも、まだ知らない。

（想像や夢想《むそう》、身体が反応する限りでは……きっと男性との行為は、このように甘く、心地いいものなのでしょうね……）

もちろん、それは愛する相手と結ばれてこそ。

悪魔は、もしかして肌に触れるだけで、そういう感覚を女に与えるのかしら？

思えば私は、この影の悪魔から逃れることはできない。

だって彼は、服の下に入り込んでしまった、影そのものだ。

髪の毛の下にも潜り込んだ影は、いつでも私の耳元で愛を囁くことができてしまう。

甘美《かんび》に、優しく。そして身体中、私の肌にいつでも指を這わせることができる。

今と同じように、常に抱擁されている感覚を与えることも。

彼に触れられた肌は熱く火照《ほて》り、とろりと私の意識を蕩《とろ》けさせる……。

「キーラ。ほら。こうしてやる」

「んっ……」

彼は私の腕を持った。というよりも包んだ。

そして、私の代わりに、私の腕を動かしてスプーンを持ち上げる。

「……まぁ、なぁに、この感覚。変なの」

意識はちゃんとあるし、動かせるのに、他人に身体を操《あやつ》られているよう。

でも感覚としては、腕を重ね合わせて、支えてくれるようなもの。

だって、リュジーの肌の温度を感じるのだもの。

「ほら。ゆっくりと飲め。お前の身体が万全《ばんぜん》になるまで支えてやろう」

「……そ、その。リュジー、さん？」

「あん？」

「……すごく、その。優しくて、甘い……のだけど」

「はぁ？」

（あ、あら？　もしかして無自覚？　無自覚なの、この悪魔⁉）

私の頰に熱が溜まり、かぁーっと赤くなり、熱くなっていくのが分かる。

（官能的な刺激を与えて、優しくしてくれて……悪魔だから、てっきり誘惑されているのかと思ったら……無自覚な優しさ！）

これでは私の方が、彼に何ごとかを期待していたみたいになってしまうじゃない。

悪魔であり、男性である彼が、何の意識もしていないというのに！

「なんだ？　スープの味が気に入らないのか？　そんなの俺の知ったことか。お前は今、味を気にしていられる立場か？　大人しくスープを飲んで安静にしてろ。キーラが動けない、喋れないままだとつまらないからな。早く元気になれ」

（や、優しい！　あ、悪魔のくせに！　何なの、この……悪魔⁉）

今も抱き締められ、腕に手を重ね、優しく看病され、口元に食事を運ばれて。

耳元で囁きかけられ、そして、それらすべてが、甘く、快感を伴《ともな》う……。

ドキドキと、心臓の鼓動が速まった。ときめきと錯覚するような脈動《みゃくどう》。

（まずいわ……）

恋愛感情。そういうものが芽生えたとは言わない。

だって今は愛を捨てたばかりだ。けれど、否応《いやおう》なく、自分の身体が反応している。

……女としての反応だ。私は、それに抗《あらが》う術を学んでいない……。

(くすぐったい……)

肌を彼の存在が這う度に、ゾクゾクと震えた。熱くなる。身体の奥が。

視界がぼやけ、唾液が多く口の中に溜まり、粘《ねば》ついた。

「あっ……」

「キーラ？」

「リュジー。私、その」

「……どうした？　顔が赤いし、身体も熱い。体調が悪いならいい。食事はあとで摂れ。今は横になって身体を休めていろ」

「……うん。そう、する」

(困ったわ。本当に困った。リュジーったら優しいことに無自覚……ううん)

(悪魔に愛欲があるとは限らない。そもそも人間の女に、性的な興味を抱くかも、怪しい存在)

(……つまり、私ばかりが耐えなければいけないのよ。このもどかしい感覚に)

それは、まさに悪魔の所業とも言えた。

考えたことはある。このまま、この悪魔に女としての自分を捧げれば……。

それはレグルス王に対して、そして神に対しても、このうえもない復讐になるだろう。

おそらくキーラ・ヴィ・シャンディスの身の破滅《はめつ》と共に。だって彼は悪魔なのだから。

「……はぁ」

(リュジーにあとで一人にしてもらおうかしら。少しの時間だけ……)

……私の吐き出した溜息は、とても熱かったわ。

◇◆◇◆◇

「キーラ様」

「……ああ、エルクス大神官様」

王宮の部屋で療養していた私のもとへ、大神官様が訪れた。地下牢以来の再会ね。

「体調はいかがですか?」

「はい。徐々に戻ってきております。軽めの食事は摂れるようになりましたわ」

「それは良かった」

私は手振りで大神官様を招く。心持ち、少し離れた場所へ移動。

リュジーについて気取られるわけにはいかないわ。彼、不老の大神官、エルクス・ライト・ローディア様は、私がただの人間であれば素直に味方と言えただろう。

けれど私は、悪魔と手を結んだ女。神に仕える大神官とは、対極の位置にいる。

彼からの救いの手は、常に翻《ひるがえ》される危険を孕《はら》んでいるのよ。

「……何か望みのものはありますか？」

「望みのもの、でございますか？」

「はい。今、貴方は、侍女さえ遠ざけていると聞きます。周りが信用できないのでしょう」

「……ええ、まぁ」

私に対して悪意を持つ者はいる。聖女も然り。王も然り。そして毒殺犯も然り。

「私はどうでしょう？　信用できませんか？」

「エルクス様を？」

「はい。貴方が神を裏切ることをしていないのであれば、私が貴方に害なすことは、決して致しません。ね？　この王宮で一番、信用できる相手でしょう？」

「……」

――ノン。残念ながら、最も恐ろしい敵のようです、大神官様。

私が悪魔憑き、と知られた時が恐ろしいわ。処刑、火刑も辞さないかもしれない。

レグルス王に囚われるよりも、よっぽど恐ろしい最期を迎える気がするわ。

しかも一族郎党《ろうとう》を巻き込んで、もありえるもの。ある意味、レグルス王以上に、油断のならない敵なのよ。この大神官エルクス様は。

「ふふ。そうですわね。私は神に背くことなどしておりませんから。貴方は一番の味方ですわ」

それでもニコリと私は微笑んだ。

『くっ』

そんな私の態度に対して、小さく笑うリュジー。

楽しいのでしょうね。この悪魔ったら。私の命が懸かっているっていうのに。

「では、手紙を届けていただけるかしら？」

「手紙ですか」

「ええ。お父様、カイザム・ヴィ・シャンディス侯爵に宛てて、手紙をしたためたく思います」

「……そうですね。侯爵は長く王都を離れていましたから。あちらに報告が行くまでに時間がかかり、さらに彼が動くのにも時間がかかったことでしょう」

「ええ。お父様がご無事だといいわ」

私の父、カイザム・ヴィ・シャンディス侯爵が、この状況になってもまだ姿を見せないのには理由がある。お父様は、ずっと隣国との紛争地帯の指揮を執《と》っていたのだ。

シャンディス家は、アルヴェニア王国の古くからの名門であり、そして騎士団を保有する家門。だから必要な時は、騎士を率いて遠征することもある。

そんな家門であるから、私も二度目の人生では、女騎士を目指した。

父から、いずれはシャンディス侯爵を継ぎ、女侯爵になろうとしたのだ。

「……父親を恨んでいますか？」

「え？　どうして父を恨むのですか？」

私は理由が分からず、首を傾げたわ。お父様を恨む理由なんて、私には何もないもの。

「貴方は侯爵令嬢だ。それにも拘らず、初めは不当に地下牢などに投獄された。そして確たる証拠もないまま、貴人牢に囚われ続け、かように虐げられもした。それ以前に、陛下から受けた、婚約破棄です。キーラ様は、神が予言した王の伴侶でした。そのため、幼い頃からそうなるべく努力を重ねてきた。一人娘であるにも拘らず、自らの家を引き継ぐ選択肢を選ぶこともできず」

「……そうですわね」

「そんな貴方が、本当はレグルス王の伴侶になどなりたくなかったと言う。つまり、今までの人生は貴方にとって、常に理不尽で、不当で、苦しく、残酷なものでしかなかった。たとえ神の予言であろうとも……そんな運命に進ませた父を、恨みはしていないか、と」

「ああ、そういうことですか」

神の予言によって、私は王の伴侶として名を挙げられた。

けれど実際には、人間が色々な手続きを踏んで成《な》ったのです。つまり、アルヴェニア王家とシャンディス侯爵家の間で、政略結婚として私たちの婚約は成ったのです。

……父が何かを変えようとすれば、あるいは神殿に懇願《こんがん》すれば。

私とレグルス王の婚約は、成らなかったかもしれない。

エルクス様はそう言っているのだ。

こんな目に遭ったのも、元を正せば、娘のために戦わなかった侯爵のせいだ、と。

「ふふ。まさか。お父様を恨みなどいたしませんわ。お父様は私を愛してくださいます。もし私がレグルス王子と婚約したくないと言っていたら、きっと運命に共に抗ってくださったでしょう」

……事実として、二度目の人生でお父様はそうしてくれた。必要だったのは私の真剣な訴え、ただそれだけだったのよ。だからお父様の愛を疑う余地はないわ。

「エルクス様は勘違いなさっているようですが」

「勘違い？」

「いくら私でも、最初から一度もレグルス王を愛していない、あるいは、愛そうとしなかった、などとは申しませんよ」

「……ほう？」

「愛そうとはしました。事実、おそらくは愛していた時期もありました。ですが……ふふ。これは人ならば、女ならば、誰もがそうだと思うのですけれど。レグルス王のあの態度で、彼を愛し続けることは、私には。婚約破棄や冤罪による投獄など、もはや普段の態度の延長線上でしかありません。私にとってレグルス王は『そういうことを平然と私にしてくる男』でした。……ね？　あのようなことを、視線を、言葉を、いつも、常に、私に向けてくる男を、なぜ、愛せるというのです？　とうに私の中の彼への愛は冷え切っておりましたの」

「……なるほど」

「ふふ。ですので、婚約を決めた当初のお父様の決断や、カラレス王の決断を責めたり、憎むことはありませんの。このような事態に陥るにあたり、誰が悪いか、誰が至らなかったか。と、そう聞けば、それは……ねぇ？」

「レグルス王を恨んでいる、と？」

「まさか！　いえ、理不尽な投獄に対しては、もちろん恨みますけれど。それはそれとして、もう愛していない彼からの婚約破棄は、私としても望むところでしたから、あのような痛ましい事件さえなければ、今頃は侯爵家へ、笑って帰っていたのですけどね」

「……そうですか。ちなみに、今の段階で神殿が調べたことには興味がありますか？」

「まぁ。教えてくださるの？」

「ええ。貴方の立場もありますから。手紙も受け取りましょう」

「ありがとう存じます」

牢の外で起きていた出来事の経緯《けいい》を、大神官様から聞いた。

そして話を聞きながら、父への手紙も同時にしたためる。

「え。予言書が燃えた、ですか？」

「はい。貴方が王の伴侶となる予言も。ユークディア様が聖女となる予言も。他のすべてが」

「……それはまた」

あら。そうするとユークディア様は、もう『聖女』ではないのかしら？

でも、レグルス王の婚約者のままでしょうし、箔《はく》が付くから、そこはそのままで扱っているのかしら？

「そして予言書が燃えた灰で、文字が描かれました。『大きな間違いを犯している』と」

「大きな間違い」

「ええ。キーラ様は、一体誰が『大きな間違い』を犯していると思いますか？」

「ええっと。その予言がなされた時期は、いつ頃？」

「貴方が地下牢に投獄されてから数日が経った時です」

「私が地下牢に入った、数日後……」

――私だ。

大きな間違いを犯している。神が予言するほどの、間違い。

そんなもの、悪魔と契約したことに違いない。人間の犯す間違いは見過ごせても、悪魔と結ぶ間違いは見逃せないということだろう。

いよいよ、私は神に目を付けられた、大罪人ということになる。

しかし、とはいえ。

神に、間違いなどと言われる筋合《すじあ》いが、どこにある？

地下牢に私が投獄された時ではなく、地下牢の中で、私が悪魔のリュジーと手を組んだ時にだけ、間違いだと訴える、神。

……ハッ！

では何？　私が犯していない罪で、貴人牢ではなく地下牢へと投獄されることが『間違いではない』とでも？　そして、それでもなお『王の伴侶となる』予言は覆さずにいいとでも？

婚約破棄をされて！　正妃ではなく側妃ならば、などと見下されて！

冤罪で投獄されて！　それらを『間違い』とは言わないと？

レグルス王が、やはり私を愛しているからか？

投獄から彼が改心し、私のもとに跪き、二度目の人生のように愛を囁く結末こそが神の予言した未来だと言うの？　二度目の人生のように。

『王様と令嬢が結ばれることこそが、それだけがハッピーエンド』で物語は締めくくられる、と？　……バカバカしい！　私は悪魔の手を取ったことを後悔するつもりはない。

「レグルス国王陛下でしょうね。大きな間違いを犯しているのは」

私は、堂々とそう答えたわ。

「……ほう」

「彼は、真に愛する人をユークディア様だと定められました。その彼女が毒殺されそうになって……その犯人を間違って捕らえたのですよ？　いうなれば、王妃を殺そうとした者を、みすみす取り逃す選択！　これが大きな間違いでなくて、何だというのです？」

「……まぁ、そうですね。私もそのように思います。もっと言えば、貴方の投獄こそが間違いだと思っていましたが」

「ええ。それも当然、間違いですわ。私が保証いたします。ふふ」

「あはは」

私とエルクス様は笑い合いました。内心では敵と定めていながらも、朗《ほが》らかに。

「エルクス様。レグルス王は、歪んでおられます」

「……」

「私に対して異常な憎しみを、執着を抱いておられる」

「……それは感じました」

「はい。多少ならば仕方ありません。前王カラレス様は、私をよく認め、褒めてくださいましたが……レグルス王にはとても厳しく接していました。それは王の考えあってのことではありますが……。彼が欲した、父としての愛を、前王は彼にお与えになりませんでした」

「それは……」

「嫉妬心です。私への。カラレス王の寵愛。そして、おそらくは私の母からの親愛も。どちらもレグルス王が欲して止まなかったものでした」

「……貴方の母親？　確か亡くなられているはずですが？」

「ええ。既に亡くなっています。レグルス王が幼い頃の話です。私の母が、王に『母親の愛』というものを感じさせました。ですので、すべてを持っていた私を彼は憎んでいるのでしょう。すべて持っていてなお、己からの愛さえも欲する、強欲な女だと疎んでいるのです」

「……そのような王の心を、貴方は誰から聞いたのですか？」

「レグルス王を見ていれば誰にでも分かることです。彼の、内に隠した寂しさ。愛を求める子供のような弱さ。誰かが彼に愛を注ぐ必要があるのです。そうでなければ、彼は王として完成に至らない。それは私の母のように優しく。それは前王のように優秀な者が、彼を認めて。そうしてこそレグルス・デ・アルヴェニアは完成し、この国の王となられるのでしょう」

「……そこまで、そこまで彼を理解している者は、この国で貴方だけでしょう。キーラ・ヴィ・シャンディス。貴方の母のように、彼へ愛を与えることも。かの者を褒め称えて、その価値があるほどの優秀さを備えた者も。どちらの条件も満たせる者は、この国において、いいえ、世界において貴方しかおりません」

「……そうかもしれませんわね」

だけど。

「知りませんわ」

「え？」

「私の知ったことじゃありませんわ」

「……！」

「何事にも限度がありますでしょう？　彼を甘やかす役目を私が担うにしても。そこまでしてやらなければならない王など。ふふ。何を褒めればいいのです？　何を認めればいいのでしょうか。王の器になりえずとも、その血で、王には立てます。人徳が伴わぬままだとしても、それを正すのは、もう私の役目ではありません。聖女、ユークディア様のお役目でしょう？」

だって、彼が選んだのは、間違いなくユークディア様なのだから。

「私は、けっこうでございますわ。側妃になど取り立てられてから、ひたすらに長い時を、この誇りを踏みにじられて。そうした果てに、彼が私を愛するようになったとしても、私にとっては時間の無駄でございます。手早く他の殿方を捕まえて、その方に愛され、共に愛ある生活をし、共に生きていく方がよほど有意義。そうでしょう？　ねぇ、大神官様」

なぜ、そこまで私が彼の心に付き合ってあげねばならないのだろうか。

「かの王が改心されるまで、どれほどの時間を必要とするのです？　それまで私は、若い女の時間をどれだけ浪費すればいいのですか？　幸福に過ごせるはずの時間をどれだけ棒に振ればいいのでしょう？　ドアマットのように、ひたすらに踏みつけられる時間など、私には不要ですわ」

私は、極上の笑顔で微笑んで、大神官様にこう告げたの。

「――クソ喰らえですわ。そんな運命。ふふ。この言葉、私の、とても大事な友人の受け売りなの。気に入っている言葉なのよ」

さしもの大神官様も、私の言葉使いに面食らっているようだったわ。ふふ。

◇◆◇◆◇

エルクス様の手引きにより、お父様へ手紙を出すことが叶った。

私の体調も良好。

「……私の疑いが真に晴れたとは言えないけれど」

けれど、投獄に関する王の判断は、いかがなものか、という話は出ているそうよ。

それにユークディア様が、私を個人的に裁こうとした話も。

王宮では神殿側の調査が入っているため、一方的な糾弾を受けずに済むようになった。

冤罪による地下牢への投獄。私を犯人だと決めつける暴君。

止める者がいなければ、あるいは死罪とさえなっていたかもしれない私……。

「それを思えば、今の私は絶好調。最高の状態にまで上がったと言っていいのではなくて？」

「ま。そうとも言えるかもな？　なにせキーラは弁明も許されないまま王の婚約者を毒殺しようとしたと見做されていた。死刑だろ、そんな女は。暴君に誰も逆らいたくないだろうし」

「そうなのよねぇ」

こればかりは私個人の頑張りというべきか、星の巡《めぐ》り合わせというべきか。

一番動いてくれたのは、エルクス様でしょうし。

ユークディア様が自ら墓穴《ぼけつ》を掘ってくれたお陰とも言える。

私自らの手で牢を抜け出たと言えないのが、ちょっと悔しいけど。

牢獄の中から何ができた、という話でもあるけれど。

「私は王宮を出て行くわ。リュジー。大神官様に話を通してもらうわね」

ふふふ。ようやく。ようやくよ。自由が手に入るわ。

侯爵家に帰れば、私の二度目の人生の記憶が役に立つことも多いでしょう。

騎士を目指し、騎士団の皆の顔や実力も分かるようになっているし。

あちらが私に対して、あの時ほどの好意は寄せてこないだろうことは悲しいけれど。

神殿の者達とのみ話をして、私は準備を整えていく。

お父様に迎えに来てもらうのではなく、自分から侯爵家へ舞い戻るわ。

王宮と違って、あちらには私の味方と言える人達が、沢山いるものね。そこから先の未来については、家に帰ってから考えるとしましょう。お父様との話し合いも必要だものね。

「〜〜♪」

私は歌を口ずさみながら、王宮を出る準備を進める。

二度目の人生では、そういえばこの場所では、ほとんど過ごさなかったわね。

思い出は遠く。一度目の人生では、牢に入れられるまで王宮で、ほとんどの時間をここで過ごしたことが嘘のよう。

二度目の人生を間に挟んだものだから、ここを去ることに何の未練もなく、寂しさも感じないというのは皮肉なものね。

(私が帰る場所は王宮ではなく、侯爵家だわ)

そういう気持ちだけでも、二度目の人生から今に持ってこれた。リュジーに感謝しないとね。

神に感謝する人生は終わり、悪魔にありがとうを言う人生が始まったの。

ようやく重い何かから解放されるのだ、という実感があったわ。

「キーラ様。お迎えに上がりました」

「まぁ！　大神官であるエルクス様が自ら？」

「はい。私でなければ、良くないことを考える人が現れるかもしれませんので」

「ふふ。ありがとう存じます」

腰まで伸びた白く綺麗な髪の、中性的な美しさを持つ不老の大神官様。

彼と共に、私は王城をあとにする。気持ちは晴れやかに。未来には幸福が見えるよう。

けれど、そんな私のもとに。

「――待て、キーラ」

……私を呼び止める声が聞こえたのだ。聞き慣れてしまった、そんな彼の声が。

「レグルス・デ・アルヴェニア国王陛下」

私は先程までの微笑みを消して、冷たく表情を固めた。

「……誰が城を去っていいと言った？」

「神が、でございますわ、国王陛下。そうですよね、エルクス大神官様」

「ええ！　大神官として、彼女をこの危険な王宮から出すことを約束しました」

「……勝手なことを！」

「神に逆らうのですか、レグルス王よ」

「お前は神ではない。ただの神官だ！」

「ええ。もちろん、それはそうですが。神官として、神殿の意向であることは明白な事実」

「……貴様は、よほど王家と神殿を対立させたいと見える」

「それはこちらの台詞《せりふ》ですね、レグルス王」

「何だと？」

「初めに神の予言を切り捨てたのは、どこのどなたです？　『キーラ・ヴィ・シャンディスは王の伴侶となる』との予言を、貴方は踏みにじりました。結果、神は予言を燃やし、果ては『大きな間違いを犯している』とまで言わしめた。……お分かりですか？　神殿との対立を望んでいるのは、どちらだというのですか」

「……それと、キーラを外に出すことは別の話だ」

「いいえ。王が切り捨てようとも、彼女は少なくとも神の予言を受けるほどの人物。ですから、彼女は守られなければなりません」

「王宮で守ればいい！」

（まさか、守るつもりがあるというのかしら？）

……心の奥底で私を求めている、ということなのかもしれないけれど。

「ふっ」

「……なんだ？　今、お前は何を笑った。キーラ」

「守る、という言葉が貴方様から出たものですから。陛下は、私の無実をとうとう信じてくださったのかと。だって、その言葉は、疑いをかけている者への言葉ではありませんわよね？」

「……っ！」

「であれば、不当な投獄の件、まずは王からの謝罪が聞きとうございますわね」

「謝罪だと？」

「ええ。当然でございましょう？　私を投獄したのは大臣の意見でさえもない、王個人の意向。その疑いが既に晴れているというのなら……。私は、ただ理不尽にさらされただけ。謝罪の言葉の一つもあってよろしいかと存じますわ」

「……」

「ねぇ、大神官様？　そうですわよね？」

「はい。間違ったのであれば、謝り、悔い改める必要がございます。たとえ王といえども」

「……必要ない」

謝るつもりはない、と。

「あらそう。それではお元気で、レグルス国王陛下。行きましょう、大神官様」

「はい」

私は彼に背を向けたわ。間違いを正せず、謝れもしないお子様に用などないでしょう？

「待て！」

「……」

本当に、母が去るのに追いすがる子供のよう。そんなに私に離れて欲しくないのか。

そばに置きたいのか。側妃にしてまで？　それでいて、正妃に据えることは許せないというのか。

「謝罪の言葉もないということは、私をまだお疑いなのでしょう？　陛下。そのような方の庇護《ひご》などお受けできませんわ。私、これでも侯爵家の一人娘ですので。それとも王だから、おいそれと謝れませんか？　王だから頭を下げられない、言葉を撤回できないと、そうおっしゃるのであれば……ふふ。私、返さねばならぬ言葉がございますわね、レグルス王」

「……何を言っている？」

私は微笑みながら彼を見つめ返した。

「――婚約破棄、喜んでお受けいたします」

「……ッ！」

レグルス王の目が見開かれました。ええ、とてもいい表情ですこと。

「今度は大神官、エルクス・ライト・ローディア様の前で私から宣言いたします。レグルス・デ・アルヴェニア国王陛下と、キーラ・ヴィ・シャンディスの婚約の破棄、確かに承りました。王の判断。王の言葉。それは容易に撤回できるものではないとの矜持。見事、果たしてくださいませね？　大神官様。私は、彼との婚約破棄を受け入れます」

「……はい。大神官として、その言葉、確かに聞き届けました。信徒達にもそう伝えておきましょう」

「……ッ！」

「またレグルス王の側妃に、という話ですが、これはお断りいたします」

「……お前は！」

「大神官様。聖女ユークディア様は王の子を懐妊《かいにん》できるのでしょう？　そこまで身体は蝕《むしば》まれていないと聞きました」

「はい。問題なく彼女は、王の伴侶となることが可能でしょう」

「良かったわ。では、ユークディア王妃さえいれば、側妃など不要ですわね。彼女もまた侯爵令嬢。執務などもつつがなく行えるでしょう。であれば、側妃を娶るなど、もっての外です。ご安心くださいませ、国王陛下。大臣達ならば、我がシャンディス家からも説得いたしましょう。レグルス王の伴侶となるのは、ユークディア様一人で十分と！」

「……ッ！　予言は……」

「はい？」

「予言はどうする。お前は王の、私の伴侶となるのが神の予言だった」

「……だそうですが、エルクス様？」

「レグルス王よ。その神の予言は既に撤回されました。予言書が燃え尽きた時に。誰かが大きな間違いを犯した時、その予言は無効となったのです。もちろん、ユークディア様が神に仕える予言も撤回されました。神殿からは、レグルス王が望んだ以上、ユークディア・ラ・ミンク侯爵令嬢を次の王妃に据え、彼女だけを王の伴侶にすることを正すことはありません。……もちろん、ユークディア様に何の瑕疵《かし》もなければ、ですが」

女性的な瑕疵は、ユークディア様にはない。

つまり、王以外の男と睦《むつ》み合っていたとか、そういう話は。

ユークディア様は、あくまでレグルス王を愛していて、他の男には興味などないのだから。

「そういうことですので。私、侯爵家に帰りますわね。レグルス国王陛下」

ニコリと私は微笑み、カーテシーをした。

心なしか、リュジーの笑い声が聞こえた気もするわね。ふふ。

「ッ！　まだ、お前の疑いは……」

「晴れています。私がユークディア様に毒を盛ったような事実はございません。それは神殿が証明してくださいました」

「逃げるのか⁉」

「逃げる？　一体、何から？　私は『帰る』のです、国王陛下。私が帰るべき場所は王の城ではない、ただ、それだけでございます。遠く、侯爵家の地で、王の統治《とうち》をお支えいたしましょう。また、お会いする時は、私も侯爵令嬢として、新たな伴侶と共に参じることを願っておりますわ」

「待っ……！」

「……陛下。それ以上はお止めなさい。彼女を引き止める前に、貴方は、貴方の心と向き合うべきだ。今のままでは、貴方はあまりにも見苦しい。レグルス・デ・アルヴェニア。貴方は……もう、この国の王なのですよ」

「っ！」

大神官様に止められ、それ以上、彼は私を止めることができなかった。

彼に背を向けて、私は立ち去る。

「ああ。最後に、言わせてくださいませ、国王陛下」

ふと振り返って、私は、最後に言い残すことにした。

「貴方がそれほどまでに私を憎む理由。私には、とんと心当たりがございません。……貴方の私への憎しみは『異常』でございます。であるのならば、貴方様の憎しみを『焚《た》きつけた者』が、この城にまぎれ込んでいるのではありませんか？　それは聖女様ではないでしょう。多くの者達が、貴方の中にある、私への憎しみを増すように、囁いたはずです。王城内の人間を、その企みを看破《かんぱ》して正さねば、貴方は、ご自分の真の気持ちにさえ辿り着けないのでは？」

「……!?　それは……」

（心当たりはあるかしら。今の彼に。どっちでもいいわね）

「――さようなら。レグルス国王陛下」

そして私は、王宮をあとにした。

見上げた空は、とても、とても晴れていたわ。

幕間1　～企てる者～

「キーラが王宮を出て行っただと!?」

「はい。王は引き止めようとしたようですが、大神官に止められたようです」

「チッ。不甲斐《ふがい》ない王だ……」

聖女ユークディアの父、デルマゼア・ラ・ミンク侯爵は苛立ち、舌打ちをする。

（既にユークディアが正妃となることは決まっているのだ）

（それだけでもいいと思っていたが……）

しかし、ミンク侯爵にとって、キーラが邪魔な存在であることに変わりはなかった。

「王のシャンディス侯爵令嬢への疑いが完全に晴れたわけではなさそうですが……」

「……そうか」

疑ったままでよかったのに。

もっと言えば、そのままキーラを処刑してしまえばよかったのだ。

（賢《さか》しらなあの娘、キーラに邪魔をされたことは一度や二度ではない）

デルマゼアとキーラは、前王カラレスの時代から敵対する派閥だった。

しかし、キーラの方にそのつもりはなく、ほぼ一方的にデルマゼアからの敵意であった。

キーラの優秀さを買っていた前王カラレスは、彼女に何度か公の場で、特に大臣達が集うような議会にさえ出席させ、発言の機会を与えていた。

デルマゼアの思惑が、キーラの助言によって覆され、潰されたことが何度もあったのだ。

シャンディス侯爵家自体もその傾向にあり、表立って争いこそしないものの、デルマゼアにとってはその家門ごと、邪魔な存在だった。

……その忌まわしきシャンディス家のキーラが、神によって王の伴侶と決まっている。

そのような状況は、デルマゼアにとって看過《かんか》できることではなかった。

(だから王に、あの娘を憎むように仕向けたのだ)

もとよりレグルス王は、王子時代からキーラに対して反感を抱いていた。

それは己よりも優秀だから認め難い、という男のプライドではない。

父である前王カラレスは、レグルス王子よりも明らかに、キーラに優しい言葉をかけていた。

愚かな王が求めていたのは、あろうことか『愛』だったのだ。

両方の姿を見る機会のあったデルマゼアは思う。『これは使える』と。

だから手の者を使い、レグルス王子に『言葉の毒』を染み込ませていった。

常に、キーラと己を比較するように。

そして己が劣り、愛されぬなか、キーラだけがカラレス王に認められていると思うように。

常に意識させ続けた。キーラを心底から憎むよう、レグルス王子を導き続けたのだ。

それらはすべて、キーラ・ヴィ・シャンディスという、邪魔な女を排除するため。

そうすれば己の娘、ユークディアがレグルス王の寵愛を受け、すべてを手に入れるであろう、と。

しかし彼の野望は、企ては、どこかズレ始めていた……。

(ユークディアが毒を飲まされ、犯人のキーラが希代の悪女として断罪され、処刑される)

(そうなれば、すべてが上手くいったというのに)

聖女ユークディアに毒を飲ませたのは……他ならぬこの父、デルマゼアであった。

死ぬような毒は飲ませなかったし、それに子供が産めなくなるような毒も用意しなかった。

必要なのは、ユークディアこそが被害者であり、その加害者がキーラである、という事実。

そして愚かなレグルス王は、憎しみのまま、キーラを地下に投獄した。

その時のデルマゼアは、最高の気分だった。

(毒を飲むのがキーラであれば、即死か、あるいは不妊になるような毒を用意したがな)

「くそっ……」

誰よりも邪魔で、忌々しいキーラが苦しみ死んでいく、そのさまを見る。

それは一種の快楽だ。毒で死ぬのであれば、それでもいい。

愛したレグルス王の手で処刑されるのも見物というもの。

断頭台にかけられながら、己が愛した男と、ユークディアが手を取り合う姿を見上げるさまなど、想像しただけで愉快だ。デルマゼアは、地下牢に投獄したキーラが処刑されるまで、ことを運ぶ予定だった。

レグルス王は、ユークディアを心配し、気遣っていたし、今や、キーラに対する憎悪の炎は、深く燃え盛っていた。

大臣達を焚きつけて、デルマゼアも動けば、間違いなくキーラの処刑にまで至っただろう。

デルマゼアにはその確信があったし、そうするつもりだった。

(それを……あの大神官め)

すべてがデルマゼアの思惑通りに進んでいた。しかし手違いが発生したのだ。

大神官エルクス・ライト・ローディアが舞台に上がってきてしまった。

それも神の予言が撤回され、新たな予言が下されたことで。

(本当に忌々しい……！)

神の予言が撤回されなければ。『大きな間違いを犯している』というあの予言さえなければ。

寿命の違う不老の大神官は、いつまでも大神殿を出てこなかったはずだ。

基本的に大神官は、王国の在り方を黙って見守る立場にいて、ほとんど介入してこなかった。

もちろん、それだけの権威も力もあるし、大神官を排除することは、たとえ王でも難しい。

でも、いつもなら見ているだけで、黙っているはずだったのだ。

それこそ、キーラの首が落とされる時になっても、あの男は黙って見守っていただろう。

(だというのに)

神の予言があったために、大神官が動いてしまった。

そうして処刑されるはずのキーラは、惨めに地下牢で過ごすはずが、貴人牢へと移され……。

あろうことか、王宮を、無傷の身体で出て行ってしまった。

(邪魔なのだ。キーラは……)

王の婚約者でさえなくなったキーラに、発言権は与えられない。しかし、それだけではデルマゼアは満足できなかった。せっかくいいところまで進んでいた計画だったのだ。

キーラの心が絶望に染まり、地下牢で惨めに汚れていき、そして愛した男が他の女を愛するさまを見ながら、愛する男の手で首を切り落とされる。……そうなるはずだった計画を遂行しなければ、彼は満足できなかった。

神の手違いにより邪魔をされた運命に、デルマゼアは執心していた。

キーラの絶望と死は、デルマゼアにとって福音《ふくいん》であり、祝福だ。

だから何としてでも達成したい希望でもあるし、今後の彼の人生や、娘のユークディアの豊かで満たされた人生にとって有害なキーラは、早く惨めに死ぬべきだった。

「……レグルス王の疑いは晴れていないのだな？」

「はい。王とシャンディス侯爵令嬢の和解は成立せず、仲違《なかたが》いしたまま婚約解消となりました。シャンディス嬢は側妃にさえなるのを拒んだ」

（ユークディアのために使い潰される運命を受け入れるなら、それも一興だと思ったがな）

キーラが側妃となったあとも、アレに一人の女としての幸福など与えぬつもりだった。

ただ、ユークディアの責務を支える役目に徹させ、愛した王からは憎まれ、蔑まれる『影』に貶める予定だった。

キーラがそんな人生を歩むなら、デルマゼアの溜飲《りゅういん》も少しは下がっただろう。

「……では、こうしよう」

レグルス王のキーラへの疑念はいまだ晴れていない。ならば、そのまま死ねばいい。

今、彼女が死ねば、王に疑われたまま、その疑いが晴れることはない。

何より、邪魔なキーラがいなくなる。それはデルマゼアにとって欠かせない幸福への道標《みちしるべ》だ。

「上手く、やれ」

そして、デルマゼアは、キーラを始末するために動いた。

これでキーラは、シャンディス侯爵家に帰ることさえもないだろう。そう思いながら。

幕間2　～レグルス王の歪んだ愛～

「レグルス様。もう、よろしいですわ」

「……何を言っている。ユークディア」

　玉座に座るレグルス王。

　放心したように黙って、眉間《みけん》に皺《しわ》を寄せていた彼に、聖女ユークディアは言った。

「キーラ様のことです。彼女が王宮を去ったというのなら、もうよろしいですわ」

「……何がいいというのだ」

「もう、私の毒殺について彼女の罪を裁く必要もありません。ただ、罰として二度と王宮に現れないように。それだけで私はもう構いませんわ。この通り、毒は私の命を奪いませんでした。何より貴方の子を宿《やど》すのに支障もありません」

「……」

「ですから、キーラ様は、王宮を追放処分にするだけで構いませんわ」

「……そうか」

「はい！　レグルス様。もう、前を見ましょう？　過去に囚われず、明日のことをお考えください。貴方のそばにはいつも、このユークディアがいますから……」

「……そうか」

「はい……」

玉座に座るレグルス王にユークディアは跪き、甘えるように膝に頭を乗せた。

レグルス王は彼女を拒絶しない。しかし甘い言葉をかけることもしなかった。

「……もう部屋に戻っていろ、ユークディア。お前も万全ではないだろう」

「え。ですが」

「行け」

「は、はい……。レグルス様。……また」

そして聖女を部屋に戻らせたあと、レグルス王は人払《ひとばら》いのされた玉座に座って、沈黙を貫く。

その姿は、寄り添う者のいない、孤独な王の姿そのものだった。

「……、……、……キーラ」

彼女は大神官に連れられ、王宮を去った。王の胸に去来するのは、喪失感だ。

何かが、おかしい。どこかが、おかしい。

だってキーラは、もう何年も前から王宮で過ごしていた。彼女のいる場所、帰るべき場所は、この王宮のはずなのだ。なのに彼女は去っていった。

ここがいるべき場所ではないと言って。たとえ側妃であろうとも、彼女はレグルス王の伴侶となる運命だったはずだ。それが神の与えた運命だったはずなのだ。

「……キーラ」

再度、レグルス王は彼女の名を呼んだ。もちろん、その声に応える者はいない。

なぜ、彼女はここにいない。なぜ、彼女は王宮を去っていった。ありえない。あってはならない。キーラは、王宮にいるべきだ。キーラは、レグルス王のそばにいるべきだった。

彼女が、王のもとを離れるなど、あってはならなかった。

「キーラ……」

レグルス王は、

「……逃がすつもりは、ない」

キーラ・ヴィ・シャンディスを諦《あきら》めることはなかった。

なぜなら、彼女は王のそばにいるべきなのだから。

「……誰か。いるな？」

レグルス王は、影に向かって話しかける。

「……は」

すると、音もなく現れた、黒装束《しょうぞく》に身を包んだ者が、王の前に跪いた。

「キーラ・ヴィ・シャンディス侯爵令嬢を……攫《さら》ってこい。誰にも見つからぬよう」

「……は」

「攫ったあとは……、キーラを幽閉塔《ゆうへいとう》に入れよ」

「……王の命じるままに」

「行け」

「はっ！」

レグルス王の命を受け、王家の影が動き始めた。

幽閉塔は、貴人、それも王族が罪を犯した時に入れられる牢獄だ。脱出することはできない。また多くの場合、一生、塔から出されることもない。そんな場所だった。今は王族の犯罪者などいないから、幽閉塔は使われていない。キーラを監禁するのに都合のいい場所だった。

「……キーラ。キーラ・ヴィ・シャンディス」

王はまた闇に向かって呟く。その視線の先には、ここにいない、いるはずだった、白銀の髪と青い瞳をした女しか映っていない。

「……私は、お前を逃がさない」

レグルス王は、そう、闇に向かって告げたのだった。

8章　暗闇に落ちゆく

「なんだか晴れやかな天気ねぇ」

「そうだな」

「リュジーは平気？　日の光に当たったたら溶けたりしない？」

「……お前は俺を何だと思っているんだ？」

「時間と影の悪魔でしょ」

「……そうだが。溶けないし、消えない」

「そう？　なら良かったわ」

私たちは侯爵家へ向かう馬車へ乗り、移動しているわ。エルクス様は馬車に乗るまでは一緒にいて、私たちが馬車に乗ったのを確認して、見送られました。一度、大神殿に戻られるそうね。

大神官様が神殿を離れられること自体が、そもそも異例なことだったものね。

「侯爵令嬢を送り出すにしては護衛が少ないんじゃないか？」

「……そうね。でも、見合う準備が整うのを待っていたら、またレグルス王が色々と言って、引き止めてきそうでしょう？　挙句《あげく》には、また投獄されるなんてこともあるかも」

流石にそこまではしないと思いたいけれどね。二度目の彼とは違うから、信用できない。

「私は、さっさと王宮を出て正解だったと思うわ」

「……ま、そりゃそうだな。俺もそう思う」

「ふふ。気が合うわね、リュジー」

私は、自分の髪の毛を手で弄《いじ》るように、『そこ』にいる影の悪魔に触れる。

人肌の温かさを感じ、なんとなく彼も指を絡めるように、影を伸ばしてきた。

「くすぐったい。ふふ」

「……キーラ」

「うん」

こう、指の間に彼の『指』の温度が広がる。まるで恋人同士が手を繋ぐような感覚ね。

最初の人生に戻ってからの日々は、こんなふうにずっとリュジーと話して過ごしていた。

この悪魔は意外と気さくで話が分かるのよ。悪魔のくせに。

たまに無自覚に優しいこともある。一番の問題は、彼が私の肌を這いずる時の感覚だけど。

(……意識してるなんて言ったら、どう反応されるか分からないから黙ってるけどね)

流石にこうして指を絡め合って、手を繋ぐだけでは、私も反応しないわよ?

こうしていると、なんだか胸がポカポカと温かくなってくるだけ。

少しだけ『彼が人間だったら良かったのに』と私は思ってしまうわ。

（きっと、彼が人間だったら、私、彼のことをもう好きになっているでしょうね）

レグルス王への愛を捨てる決意をした私。どん底から這い上がろうと決めた私。

そんな私のそばに、彼は、ずっといてくれた。孤独な牢の中でも、ずっとそばに。私を離さないように、抱き締めるように、その温かさで包んでいてくれたのよ。彼に対する親愛は、私の中で、とても深くなっていたわ。

声が男性のものだから男性と認識しているけれど、そもそも性別もあるか分からない相手。

「ねぇ、リュジー」

「なんだ？」

「私、貴方のこと、好きよ」

「……おお」

「なぁに？　その反応。ふふ」

私は、髪の毛の中にいる彼と、指を絡め合い続ける。

「貴方が人間だったら。次の婚約相手は、きっと貴方を指名したわ」

「……俺は悪魔だぞ、キーラ」

「分かっているわよ。ふふ」

そう長くない時間だけれど、私の人生を肯定してくれた人。

人生の節目に、大きなきっかけを与えてくれた存在。

「貴方はどう？　私は、貴方好みの『悪女』になれているかしら？」

「……及第点だな、お嬢様」

「なぁに。そのお嬢様って！　ふふ」

私は、髪の毛にいる彼と指を絡め、手を握り続けていたの。

悪魔の趣向《しゅこう》は分からない。きっと、楽しいことが好きなのだろうと思う。

人間の悪意の発露も、また面白いことなのだろう。

はっきり言えば彼は『悪趣味』な奴だわ。それは間違いない。だけれど。

私にとって、なんだかんだいって、リュジーがマイナスの存在であったことはないわ。

冤罪で地下牢に投獄された私に、最初に『罪がない』と認め、私という個人を信じていると言ったのは彼だった。もし、そこにいたらお父様もきっとそう言ってくれただろうけれど。

（……恋愛感情、とは違うのよね？　これは。きっと）

だって相手は悪魔だし。身体は反応するけれど、それはきっと生理現象。

レグルス王に向かって芽生えていた、苦しいような胸の締めつけとは違う、胸の高鳴り。

……思えば、レグルス王を想う時は、いつも苦しさの中にいた。

あれが愛で、私は彼を愛しているのだと。苦しみながら彼に憧れの目を向け、生きてきた。

そういう感情と、リュジーに向ける感情は、別のものだ。

私は、彼といると……ホッとしている。安心している。

(悪魔が相手だというのに！)

影であるが故にか、ずっとそばにいてくれても気にならない。

いつまで彼が私に憑いているか気かは知らないけれど。一生このまま彼がそばにいてくれても、
それでもいいと、私は思っているの。

むしろ、彼に人型の身体がなくて、良かったのかもしれないわね。

その、アレよ。これで彼に人間の身体があろうものなら、身体の反応とこの気持ちのせいで
……、ええ。私は、とっくにこの悪魔に篭絡《ろうらく》されていても、不思議じゃなかったわ。

(……だからこそ悪魔、なのかもしれないわね)

一人の女としてのキーラは、この悪魔を、既に憎からず想っているなんて。

まったく。悪魔のくせに。悪魔のくせに。

しかも、そういう愛欲のようなものには無自覚なのだから、彼。悪魔のくせに。

「ふふ」

「……？」

（本当。相手が悪魔だっていうのにね？）

私は楽しく幸せな気持ちでいっぱいだったわ。この旅も、その目的地も、幸せにあふれている。

リュジーがずっとそばにいるだけでも、気持ちがポカポカとするし。それに、だって。

もうすぐ父に会えるのだ。懐かしきシャンディス侯爵家へ帰れる！

二度目の人生で培った絆を、私だけは決して忘れない。

（これからは領地に住まう彼らのために、シャンディス家を盛り立てていくのよ）

最初の人生だけでは培う暇もなかった故郷への想いが、私の胸にある。

解放されてみれば……単純な話。私は王妃になりたいと心から思ったことなど、一度もなかった。ただ、あの人を愛していただけに過ぎなかったの。でも、そんな気持ちも、もう手放したから。

「……キーラ」

「うん？　どうしたの、リュジー」

「……何か嫌な予感がする」

「え？」

嫌な予感って何かしら？

そう、私が疑問に首を傾げた、その瞬間。

――ガタタン！

「きゃあっ⁉」

私の乗る馬車が大きく揺れた！　転倒するほどの速度は出ていなかったはずだけれど、明らかに道の悪さで跳《は》ねたような動きではない、そんな揺れ方。

（急に馬車を停めた⁉　まさか！）

リュジーの感じたであろう嫌な予感を、遅れて私も感じ取る。

馬車は、侯爵家へ続く道ながらも、まだまだ家までは遠いところ。

森を横切る街道《かいどう》の途中。左右に行き交う、別の馬車はない。

「……！　……！」

私の護衛に付いてきていた神殿騎士達と、何者かが争う剣戟《けんげき》の音が聞こえてきた。

「……襲撃《しゅうげき》だわ！」

何者かが私を襲ってきた！

ただ金持ちの馬車を襲った犯行なのか。

それとも馬車の中にいるのが、キーラ・ヴィ・シャンディス侯爵令嬢と知っての襲撃なのか。

（どうするの⁉）

護衛を信じて馬車の中に立て籠《こ》もるか。

でも、それでは護衛達が全滅した時、私の逃げ場がなくなる。

「リュジー！　貴方、戦える!?」

「……今の状態では難しい」

彼は、悔しそうな声で返事をした。悪魔として、何か制約があるのかもしれない。

「そう！」

私は二度目の人生では騎士を目指した女。普通の令嬢よりは、荒事には慣れているつもり。

(でも、今の私の身体は鍛えてきた身体じゃない)

それどころか、療養明けの弱った身体なのだ。

たとえ気力が萎《な》えていなくても、身体能力が、私の気持ちに追いつかない。

何より今、私の手元には武器さえもない！

「……馬車を出ても戦えないわ。できるのは、逃げることだけね」

「キーラ。スカートを破って、すぐに走れるようにしておけ」

「……分かったわ」

リュジーに言われ、私は素直に従った。はしたないと思われても、それどころではない。

邪魔な部分を破り、走りやすいように丈を整えておく。

馬車の中で、いつでも動けるようにして、外の音に注意を向けた。

（誰かが入り込んできたら、まず当て身。隙《すき》を見て森の中に逃亡。逃げられるだけ逃げて）

やるべきことを単純にしておこう。咄嗟《とっさ》の状況でも動けるように。

呼吸を整え、身体が硬くならないように、心を鎮《しず》めた。

（騎士として生きようとした気持ちは、偽りではないわ）

二度目の人生で学んだ日々も、この胸の中にある。大丈夫。私ならやれるわ。

私は、ただの令嬢じゃないの。

キーラ・ヴィ・シャンディス。２つの人生を生きた女。

「キーラ様！　ご無事ですか⁉」

「……！」

外から聞こえたのは神殿騎士の声！　護衛が襲撃者を追い払ったんだわ！

「……大丈夫、よね？」

「……慎重に外へ出ろ、キーラ」

「ええ」

護衛の声に導かれるように、私は馬車の扉を開けた。

すぐさま手を掴まれるような事態にはならなかった。

扉の外にいたのは襲撃者ではなく、護衛の男だった。

「皆さん、ご無事かしら？」

「……少し厳しいですね。相手も手練《てだ》れなうえ、しかも取り逃してしまいました」

「神殿騎士の皆さんが？　相手は一体……」

「……どこかが抱える騎士達です。ただの野盗《やとう》崩れの賊ではありませんでした」

「……そう」

目的は私の誘拐か、あるいは暗殺か。間違いなく馬車に私がいると知っての犯行ね。

「これからどうしますの？」

「……馬をやられました」

「え？」

護衛騎士達の怪我《けが》に気を取られていたけれど、気付けば、馬の手綱《たづな》が切られ、姿を消していました。

(やられたわ！)

長い街道を、馬車抜きで移動しなければならないとは。その間、襲撃されるリスクが高まる。

(いつから準備していたの？　私が王宮を出てすぐに動けるように？)

手早く王宮を発ったはずだというのに。

相手は、その王宮で、私の動向を監視できた人物ということ？　まさか。

「キーラ様。動ける護衛と共に……徒歩で移動されるか、あるいは、誰かが助けを呼ぶのを、ここで待つしかありません。ですが、しかし……」

「襲撃者達を取り逃してしまったのでしょう？　ここで待つのは悪手だと思うわ。それも護衛の数を減らしたうえで。私を気遣う必要はありません。馬車がなくとも自らの足で動きますわ」

「……はい。そうするのが一番だと思います。ありがとうございます」

「こちらこそありがとう。貴方達のお陰で今、私は無事に済んでいるのよ。すぐ行きましょう。動けない者達は？」

「置いていっていただいて構いません。連中の狙いはキーラ様なのです」

（……手負いの者を、護衛の誰かに背負わせて移動するほどの余裕は今ないわ）

心苦しい決断だ。自分を守ってくれた、傷ついた者達を置いていくのは。だけど。

「……そうね。私は先へ行かせてもらうわ」

「はい。そうしてください。私のことは気にせずに」

「ありがとう。そして、ごめんなさい。貴方達の献身に感謝いたします」

動ける者達と一緒に、歩けぬ者を街道の脇へと運び、そのまま私たちは移動を始めた。

道中で敵の数などを確認しながら。でも、すぐに。

「いたぞ！　こっちだ！　『あの女』だ！　今度は絶対に捕まえろ！　できなくば殺せ！」

「くっ！」

（やはり敵は諦めていなかった！）

護衛の神殿騎士達の顔にも苦渋《くじゅう》の色が浮かぶ。あの女と言った。やはり狙いは私なのだ。

（まずいわ。どれだけの準備をして来ているの？）

相手の人数が多い。こちらの人数は減り、手傷も負っている。これでは……！

「キーラ様！　先にお逃げください！　我らはこの者達を足止めいたします！」

「……ッ！　お願いするわ！」

「はい！　神に、貴方様にご武運があることを祈っております！」

「……ええ！」

私は、彼rあの判断をすぐさま受け入れ、森の中へ逃亡を始めた。

（神に祈りを捧げても、私のことは助けてくれないわね……）

私は、既に神を裏切っている。危険な時だけ、神に祈るなんて真似は許されないのだ。

助かりたいならば、自らの足を動かすしかない。それが私の選んだ道。

私の選んだ『自由』に伴う、責任とリスクなのだから。

「はっ、はっ、はっ……！」

闇雲《やみくも》に森の中を駆《か》け抜けていく。

騎士として訓練された身体であったなら、もっとマシだったろうに。

だが鍛えられていない、弱った令嬢の身体では、森を走り抜けるのは、かなり厳しい。

「はぁ！　はぁ……！　はぁ……！」

体力ではなく、気力で私は足を動かした。

(鍛え直しだわ)

こんなにも、自分の身体を歯痒《はがゆ》く思ったことはない。動くと思っている気持ちに、身体が追いつかない。まるで、一気に歳を取ってしまったような気分よ。

「……こちらだ！　『キーラ様』を見つけたぞ！」

「なっ!?」

あろうことか。走って逃げていた方向から、新たな追手《おって》が現れたのだ！

(どれだけの人数を連れてきているの!?)

そこまでキーラ・ヴィ・シャンディスを亡き者にしたい人物。

そんな人物など限られている。おそらくは、あの男。

「お待ちください！　キーラ様！」

「……!?」

(敬語!?)

「貴方様を、悪いようにはいたしません！」

「……ッ！」

私は、追手の言動が変わったことに違和感を抱きつつも、なおも走り続けた。

血を吐くような苦しい思いをしながら、荒い呼吸をしながら。

（……嫌な予感がする！）

絶対の味方、たとえばシャンディス侯爵家の騎士達や、神殿騎士達の声ではない。

新たに現れた追手は、そういう者達ではないということ。

さりとて最初に現れた……キーラ・ヴィ・シャンディスを殺すことも厭《いと》わない者達とも違う。

（目的の違う2つの部隊が私を追ってきている!?）

1つは、私の誘拐、または殺害を企む者達。

もう1つは、私に敬語で語りかけるも、侯爵家の騎士でも、神殿の騎士でもない者達。

（……まさか！）

脳裏《のうり》に彼の姿が思い浮かんだ。まさか、まさか。『彼』なの!?

（そこまで。私に追手を差し向けるほどの）

（どうして。そこまでの感情を抱きながら、私に対して、あれほどに冷たく憎悪を向けて）

「……レグルス王の手の者か」

「はぁ、はぁ……！　たぶん、そう……！」

リュジーの言葉を、私は肯定する。そうとしか考えられなかったから。

「あの男は、どこまで拗らせているんだ？　そんなにキーラを愛しているのなら、素直にその愛を語ればよかろうに」

（まったく！　本当にその通りだわ！　悪魔でさえもそう思うというのに、彼は！）

「あっ」

そして。私は、逃げて、逃げ続けて。どこまでも逃げるつもりだったのだけれど……。

「はぁ、はぁ、はぁ、はぁ……！」

（行き止まり――！）

私は、森を抜けて、深い崖の淵《ふち》へと辿り着いてしまった。

2つのグループによって追い立てられたせいで。

そうでなければ、もっとマシな方へと逃げ切ることもできたかもしれないのに。

崖の底に視線を落とすと、見えたのは崖底にある激流の川。

落下すれば死が待っている。もし助かっても、激流に流されて溺《おぼ》れ死ぬだろう。

「はぁ、はぁ……！」

私は振り返る。

すると、逃げ道を与えないように3方向から追手が迫っていた。

その服装は、以前どこかで見たことがある。あれは、『王家の影』が統一して着る服だ……。

「キーラ様。落ち着いてください。我々は貴方を迎えに来たのです」

「はぁ、はぁ……」

私は呼吸を整えながら彼らを見る。ジリジリとにじり寄ってくる王家の影達。

「来ないで！」

私は身体の向きを変えて、崖に背を向けた。

「……落ち着いて。悪いようにはいたしません。我々は貴方を迎えに来たのです」

「誰が王家の影に迎えなど頼みましたか？　私を迎えに来ていいのは、シャンディス家の騎士だけ！　王家の影に頼る気などありません！」

「……貴方は、シャンディス侯爵家に帰ることは許されません」

「何ですって？」

「……王がお命じになられました。貴方には、これより王宮へ戻っていただきます」

（やはりレグルス王が！）

「なぜ？　大神官様が私の無実を訴えてくださいました！　もう投獄されるいわれはありません！　何より私は、もう王の婚約者でも何でもないのです！　王宮に向かう必要などない！」

「……貴方に罪があるから王宮に戻るのではありません」

「ではなぜ！」

「王がお命じになられました。……貴方には、これから、幽閉塔に入っていただきます」

「なっ……!?　幽閉塔ですって!?」

（ありえない！）

「幽閉塔は、罪を犯した王族が入れられる場所！　私は王族ではありませんわ！」

「……王が、それを望まれました」

「ふざけないで！」

「……キーラ様。王のお気持ちをご理解ください。きっと、レグルス王は、貴方様を……愛しておいでです。王の愛にお応えください」

「黙りなさい！　よりにもよって王の影から聞く、王の愛に応えろなどという台詞！　おぞましい以外にないわ！」

「ですが、貴方様とて、レグルス王を愛されていたはず。我らは知っています。貴方様のことを。貴方様には、確かに王への愛があったことを。我ら王家の影は知っているのです」

「……ッ！　本当に気持ち悪い。何様のつもりか。王家の影がいつ王の御心《みこころ》を語っていいなどと許されましたか？　何より！　一人の男が、一人の女に向ける愛の言葉を！　そのように人伝《ひとづ》てに突きつけられて、喜ぶ女がどこにいる！　このキーラに愛を語りたくば、王自らが私の前に現れて跪きなさい！」

私は、王家の影に向かって吠える。

「そうして、まずは今までの不義理を謝ることから始めなさい！　私に愛を乞いたくば、それからよ！　そうでなければ私たちは始まりにすら至らないッ！」

レグルス・デ・アルヴェニアは、私に頭を下げない。謝ることをしない。

どれだけ不当に私を遇《ぐう》したか。どれだけ理不尽に、私に怒りの言葉を向けたのか。婚約者の段階でそれなのだ。それが離れた瞬間、王家の影まで使って……幽閉塔に攫うですって？

（ふざけないで……！）

それほどの執着。それほどに……愛しているというのなら！

今までの彼は何なのだ！　なぜ、そんな彼の愛に応えなければならない!?

ふざけるな！

「……残念です。ですが、王の命令には従っていただきます。多少、手荒なことになりますが……」

王家の影がにじり寄る。

私が思いのほか『動ける』身のこなしをしているからか、慎重な動きで。

（……嫌だ！　絶対に、嫌！）

罪を犯した王族が入れられる場所、幽閉塔。

……そんなところに入れられては。それをしたのがレグルス王だというのなら。

キーラ・ヴィ・シャンディスは、二度と外に出ることさえできなくなるだろう。

一生を、あの王に。

キーラ・ヴィ・シャンディスを不当に扱い、理不尽に怒り、憎み、見下し続けた王に。

己の振る舞いを謝ることをしない、愛を向ける段階になってなお、一度たりとも頭を下げない。そんな男に、……人生を捧げなければならなくなる。飼い殺しにされる家畜のように。

かの王の愛玩動物にでもなったかのように。

（嫌！　絶対に、嫌！　そんな人生を送るぐらいなら、いっそ！）

私は、王家の影に背を向けて、……深く高さのある崖に身体を向けた。

「……!?　お待ちください！　我々は貴方を殺すつもりなどありません！」

「キーラ様！　貴方は王の愛を受けて生きていけるのですよ!?」

「……黙りなさい！　何も知らぬ王家の影風情《ふぜい》が！　お前達などに、私の人生を決められてたまるものですか！」

しかし。崖下を見る。

（高い……）

足が竦《すく》んだ。恐怖に震える。

どうして。なぜ。自分がこんな思いをしなければならないのか。

未来が見えていた。侯爵家で過ごし、愛する者達と共に生きる未来が。だというのになぜ。

私は、死か、一生の牢獄の二択を突きつけられている？

（どうして……！）

死にたくない。怖い。生きていたい。だって、私は、私は、まだ……。

だけど捕らえられたくはない。檻の中で一生を終えるなど、それは生きているとは言えない。

肉体の死か。精神の死か。そんな未来しか、私にはないというの？

「……キーラ様。どうか、早まらないでください。貴方は幸福になれるのです。本当ならば神さえも祝福していた、そんな幸せな人生を掴むことができるのです。だから、どうか」

「……王の伴侶になることだけが、女の最上の幸せと思うなど、勘違いも甚《はなは》だしいわ」

「……ですが、貴方はレグルス王のことを……」

「黙りなさいッ！　私の幸福は私が決める！　私が選ぶ！」

「……それは許されません。王が命じられたのです」

（本当に、忠誠心に篤いことだわ。あんな王に対して！）

「王が望めば、女を攫ってくるのが王家の影の仕事？」

「……」

影がいよいよにじり寄ってくる。捕まれば、一生牢獄。けれど落ちれば、私は。

「――飛べ、キーラ」

「……！　リュジー!?」

「……？」

私の服の下で影が蠢《うごめ》く。官能的に、これ以上なく、私に女を、彼に男性を感じさせながら。

「――俺を信じろ。崖の下へ飛べ、キーラ・ヴィ・シャンディス」

「……！」

信じる。悪魔であるリュジーを。……ええ。

「……分かったわ、リュジー。貴方の言葉なら」

「くくっ」

時間と影の悪魔、リュジー。出逢った時から私を信じてくれていた、影。

2つの影の言葉。どちらに耳を傾けるかというのなら、私は悩むことなく。

「……レグルス王に伝えてちょうだい」

くるりと、私は再び崖を背にして、『王家の影』達に身体を向けた。

「……なんと？」

「――クソ喰らえ」

「待っ……⁉」

私は、震えの止まった足で。自ら、自らの意志で。

背中から……崖の、遥《はる》か下にある激流へと身を投じた。


私の身体が宙を舞う。

そこからの光景はすべて、ゆっくりと感じられた。

まず、私の服の下から這い出た影が、四方に伸びていく。

とても長い腕のような黒い影が、人間では届かない距離の崖を掴んだ。

……けれど、人間一人分の重さが落下するのを受け止めるほどの力は出せないのだろう。

ガリガリガリと岩肌を削りながら、それでも私が落ちることは止められない。

「ぐっ！」

リュジーの呻《うめ》き声が聞こえた。きっと無理をさせている。

それでも、この悪魔は、私を助けてくれようとしているのか。

――ドッパァアアアンッ！

「……ッ！」

リュジーが包んだ私の身体ごと、激流に落ちた。

落下の衝撃でこそ死ななかったが、一瞬で私は、上下の感覚がなくなる。

（リュジー！）

激流の川底に沈む私の身体に、影がしっかりと繋がっている。

目を開けていられない。息もできない。上下も分からない。

それでも意識がまだ途絶えていないのは、リュジーが守ってくれているお陰だ。

落下しただけでも、身体中の骨が折れて死んでおかしくなかった。

激流にもみくちゃになり沈む。分からない。浮き上がることができない。

（リュジー、リュジー……！）

私は、必死にもがきながら彼に呼びかけた。今、頼れるのは彼しかいない。

生き残るために、彼にすがる。彼は、確かに私を助けてくれた。でも、きっと無理をさせた。

崖からの落下の衝撃から私を守って。それでも、この激流まではなす術《すべ》がない。

（どうして、こんなに流れが強いの！　晴れていたのに！）

遠方で雨でも降り始めていたのか。私には天気に気を配る余裕さえなかった。

「……っ、がっ、ばっ！」

水を飲んでしまう。まずい、まずい。身体に服がまとわりつく。動けない。泳げない。

せめて水面に顔を出さなければ、このまま！

「……っ！」

その時。川の流れとは別の力が、私を引っ張った。服ごと引っ張るような、そんな力。

「ぷはっ！　はぁ、はぁ！　がぼっ、はぁ、あああ……！」

「落ち着け！　キーラ！　落ち着いて！　俺に掴まっていろ！」

「リュジー！」

「いいから！　なんとか息をしろ！　そのことだけを考えろ！」

（リュジー！　リュジーが私を助けてくれた！）

川から引っ張り上げる場所は、谷底にはない。激流は、垂直に競《せ》り上がった岩の壁に挟まれている。

リュジーは片側の崖に掴まり、私の身体を支えてくれていた。

でも見るからに、彼の身体はそんなことをするようにはできていない。

「リュジー！　どうしよう！　どうすれば！　このまま川に流されればいいの⁉」

「ダメだ！　お前を狙う連中は、この川の下流を捜しに行くだろう！　流されてしまえば、お前は見つかる！」

「……！　そ、それは！　でも、だったら！」

ここで、ただ激流に打たれるしかないというの？

「川上へ上がる！　多少の無茶をするが、お前が生き残るためにはそれしかない！」

「そ、そんな！　無理よ、こんなに強い流れ……！　そ、それに！」

私は、ほぼ視線だけで上を見上げた。あれほどに晴れていた空は今や、暗く淀んでいる。

……雨が降るのだ。いや。川の流れのせいで分からないが、もう降り始めているのかも。

「どうして！　こんな時に雨なんて！」

「……ハッ！　神様が、お前をあの王のもとに連れ戻そうとでもしているんじゃないか!?」

「そんな！」

どこまで！　どこまで、神というものは！

そんなにも私を、あの王の慰《なぐさ》み者にしたいの!?

どうして！　なぜ、それほどに！

「キーラ！　いつだって、そういうものだ！　いつだって神はお前に都合良くはない！　だからお前は俺を選んだんだろう!?　押しつけられたハッピーエンドではなく！　王と結ばれる、凝《こ》り固まった幸福の享受《きょうじゅ》ではなく！　自身の手で掴み取る、間違った運命のために！」

「……ッ！」

「泳ぐんだキーラ！　俺が手を貸す！　だからこの流れに逆らって死に物狂いで泳ぎ切れ！」

……ああ。ああ、かくも。悪魔の言葉は厳しく、神の運命は甘い。

考えることを止めて、この激流に流されてしまえば、いっそ、どんなに楽なことか。

そうして意識を失い、再び目覚めた時に、私は幽閉塔に囚われているのか。

レグルス王の寵愛だけを求めて生き、あの王の思うままの人形に墜ちるのか……。

「……分かったわ！　泳ぐ！　死んでも泳いでみせる！」

そんな人生は嫌だ！

私は、どんなに激流に打ちつけられようとも……私の人生を生きたい！

「リュジー！　それでも！　貴方が一緒でなければ生き残れないわ！　私が！　生きるために！　貴方の力を貸してちょうだい！」

「……はは！　いいだろう！　もう既に手を貸している！　お前が求める前に！　俺からな！　もう、俺の方は手遅れさ！」

「手遅れって！　そんな！」

「その話はあとでしてやろう！　あまり顔を上げ過ぎるな！　まだ奴らに見つかるかもしれない！　崖を伝って川上へ行くんだ！　俺が手を引いてやる！　岩に打ちつけられる衝撃からは絶対に守ってやる！」

「……わかったわ！」

私は、リュジーの手を借りながら、必死になって川を上った。

激流に身体が流されるのを、リュジーが受け止めてくれる。彼を心から信じた。

……やがて、雨まで降り始める。それも豪雨と呼べるような雨だ。

激流がさらに勢いを増していく。おそらく川上の方では、既に雨が降っていたのだろう。

「っ……！　本当、嫌がらせのような運命だわ！」

「まったくだ！」

それでも。私一人ではどうにもできない状況だったけれど。リュジーの手助けのお陰で、私は何とか動けている。命綱が繋がっているようなもの。これなら行ける。動ける。でも。

(どれだけの距離を……)

川から上がれる場所に辿り着くまで、どれほど？　そんな場所がそもそもあるのか。

泣きそうなほどの過酷な試練。それでも私は必死に足掻いた。足掻き続ける。

「リュジー、ああ、リュジー……！」

腕が動かなくなってくる。川の水が冷たいのだ。

寒さは、あっという間に私から体力を奪っていく。

(どうして、どうして私はこうなの……！　なぜ、どうして！)

家に帰りたかった。私を愛してくれるお父様のもとへ帰りたかった。

最初の人生では触れあえなかった、侯爵家の皆の笑顔が見たかった！

王への愛に縛りつけられていた私では、見ることのできなかった人々。

あんなにも愛してくれていたのに。私は、いつからレグルス王を愛していたというの？

それは本当に私の気持ち？　神に定められ、愛を導かれた、愚かな私。

（私は、私は……！）

手が動かなくなる。足が冷たい。身体は冷え切っている。体力はとうに底を尽いている。

（……間違っていたの⁉　何が間違いだったの⁉　レグルス王の愛を求めたこと⁉　一人の女として愛されたいと思ったこと⁉　王妃になれと言われて育ったのに……王妃になろうと励むことは、憎まれるほどのことだったの⁉）

こんな運命。

（悪魔の手を取ったことが間違いだというの⁉　それに見合う幸福なんて神から与えられたこともないのに！）

だって、他ならぬレグルス王の手で、私は投獄されたのだ。

そして、また逃れたはずの運命が追いかけてくるように……。

今度は、もっと酷い檻の中へ連れ去られようとしている。

それが嫌ならば、無様《ぶざま》に死ぬだけなのか……。

(二度目の人生を……捨ててしまったことが間違いだったの!? あのまま、あの人生を受け入れれば……私は、きっと幸福になれたと……!)

それで物語はハッピーエンドを迎えるべきだったのだと。

神の書いたシナリオではそうなっていて。この『最初の人生のキーラ』は、どうあっても不幸に落ち、絶望に沈むべきなのだと。

絶望と死に沈むばかりの最初の『キーラ』。

そして始まる二度目の人生ではレグルス王の愛を得るキーラ。

……それが神の思い描くキーラ・ヴィ・シャンディスの物語?

私は、それを受け入れなかった。挙句の果てに、悪魔の手を取った。

愚かなキーラ。無様なキーラ。ここで死ぬのがお似合いの……キーラ。

「ああ、リュジー、リュジー……! もう、私は……!」

「キーラ!」

「ずっと、貴方と……」

そして。身体から力が抜け、激流に流されて。

私の意識は、暗闇へと落ちていった。

9章　リュジー

あれから、どれだけの時間が経ったのか。
闇の中で、己の人生が走馬灯《そうまとう》のように流れ、過ぎていった。
最初の人生。二度目の人生。どちらも強く、私の心に刻まれた思い出。
つらかったことの方が多かったように思う最初の人生と。
多くの者に愛され、望んでいた彼の愛さえも得た二度目の人生。
だけど、だけど。それでも私は、最初の人生を選択した。
己が積み重ねてきたすべてに報いたいと、そう願った。
たとえ命を落としたとしても、その選択に後悔なんて。決してないと。
「ん……」
私は、ゆっくりと意識を覚醒《かくせい》させていった。
崖底に身を投げ、激流に流され。それでも抗おうと泳いだ記憶がある。
(……でも、結局は力尽きてしまったのね)
どうなったのだろう。死んではいないのか。それとも、ここは死後の世界か。

目を開いていく。見上げてあったのは、木造の天井……。

（どこかの建物の中？　捕まった？　とにかく命は奪われていない……）

ならば、王家の影に拾われたのだろうか。

パチパチと音が聞こえる。温かいような気配と匂い。

暖炉に火が入っている？　私の身体を温めてくれているようだ。

（え。身体。私の？　なんだか、スースーとするような）

……ちょっと嫌な予感がしたわ？　わ、私、服を着ていないわね？

下着さえも着ていない……！　え。王家の影がそんなことをしたの？

た、確かに身体は冷え切っていたし、衣服は濡れていたけど。

（レグルス王のもとへ連れていくのに、こんなことをしたのでは殺されるんじゃないの……）

流石に。流石に女として襲われはしないだろう。でも恥ずかしいことには変わりないわ。

裸なんて、侍女など同性にしか見せたことがないのに。

当然だけど、一度目・二度目の人生、どちらのレグルス王にさえも見せたことはないわ。

だというのに。今の私は、服も下着も着ていない、裸の姿だなんて。

「――気が付いたか、キーラ」

「は？　え？」

え、え？　今の声、どこから聞こえたの？

えっ。すぐ近くじゃない？　近過ぎなかったかしら？

「キーラ。無事で良かったな」

「ふぇ……ふぁっ！？！？」

「ん？」

顔を横に向けると。そこには。

黒い髪、翡翠《ひすい》色の瞳、そして褐色《かっしょく》の肌をした……見たことのない美しい、男がいたの。

「！？！？！？！？」

「お、おい。暴れるなよ、キーラ」

なんで、なんで、なんで!?

え、だって、私、裸！　全裸！　素っ裸！　なのに男性に抱かれて！？！？

「い、嫌っ！　なんで、私は！」

「ちょっ、こら。暴れるな」

「嫌っ、嫌！」

え!?　しかも、この男に抱き締められている!?　裸で！　裸で!?

「なっ、なんで！　なんでなんで！」

「……ああ、もう！」

その美しい男は、私に迫ったかと思うと、抱き締め、そして。

「んんんっ⁉」

……唇《くちびる》を。彼に、唇を、奪われたの。

「んんんんっ……！」

私の、初めてのキス。二度あった人生で、それでも初めてのキスがこの男に奪われたの。

「んっ、んんっ、んくっ、んっ……」

ゾクリ、と背筋に電流が走る。

（そんな……。気持ち、いい？）

「んんっ！」

私が感じたのは、嫌悪感ではなく。絶望感でもない……快感を、感じたの。

強制的に引き出されるような、そんな快感。

「はっ……はぁ、あっ、んんっ……！」

一度、唇が離れて、息をする。でも、すぐさま次のキスが襲ってきたわ。

「んんんっ」

その男にされるキスが、気持ちいい。

裸なのに、裸だから、余計にその快感が私の羞恥心《しゅうちしん》を煽《あお》ってくる。

見せてはならない、身体の反応がさらされてしまう。

男の逞しい胸板《むないた》に触れてしまっていて。

自分の身体に起きてしまった反応を知られてしまう……。

「ちゅ、んっ。んんっ……はっ！　はぁ……はぁ……」

どれだけ続いたのか分からない、深い深いキスの時間。

強制的に自分が女だと意識させられるような快感を与えられて、全身の力が抜けてしまったの。

「……落ち着いたか？　キーラ。俺だ。分かるだろ？」

「はぁ……はぁ……」

本当は。そう。どこかで気付いていていて。そう。初めにキスをされてから。

ううん。彼の声を聞いた瞬間に。でも、動転した私の表層《ひょうそう》意識が理解を遅らせていただけ。

いくら私だって、何も知らない相手とのキスで、感じて、受け入れるはずがないから。

……心の底で『彼』だと、そう理解していたから。

深く、情熱的なキスさえも、自然に受け入れていたの。

彼だからこその快感。彼だからこその安堵と、情熱。

……少し前から、きっと。ずっと、彼に、そうして欲しいと、私は願っていたからこそ。

「……、……、その声、まさか」

「ああ、そのまさかさ」

「――リュジー。……リュジー、なの？」

「そうだよ。キーラ。ずっと、お前のそばにいた、影の悪魔さ」

「どう、して」

人間の姿の、リュジー。それならば、さっき与えられた快感は当然だと分かったの。

肉体よりも先に、私の心が彼を受け入れていたから。

抱き締められている温かさも、すべて私の知っている彼からのものだったから。

いつも彼が私の肌を這いずった時に得られる感覚の、もっと強いものだったわ。

落ち着いて彼の顔や、身体……人間のリュジーを見る。

絶世の美男子と言っても過言ではないほどの、美しい男性の顔。

黒く艶やかな髪の毛は、少し癖がある。瞳は翡翠色。

肉体は、逞しくも、痩せたようにも見える身体で……。

男を何も知らない私が思い描く、理想のような体型の男性。

どこか。そう、どこか煽情的《せんじょうてき》だわ。この美しさと逞しさだけで、幾人もの女が、彼に抱かれることを願ってしまいそうなほど。

（色気があるわ。男性の色気って、こういうことを言うのね……）

キスで与えられた快感のせいか、頭がポヤポヤとしてしまう。

胸はドキドキと高鳴っていて、まるで今の私の身体は、恋する乙女のよう。

「リュジー。貴方、どうして人間の姿なの？」

「ん――……。やむなく、だな」

「やむなく？」

「ああ。やむなく『受肉《じゅにく》』した」

「……じゅ、にく？」

人間の身体を手に入れた、ということ？　悪魔ってそんなことができるの？

「残念ながら軽々しくは手に入れられない。もちろん、代償付きだ」

「だ、代償って。貴方、どうして」

「キーラを助けるためにはこうするしかなかった」

「私を助けるため……？　あっ」

そうだ。私は、あの豪雨と激流の中で、気を失ってしまったのだ。

だというのに、こうして命があるということは。

他の誰でもない、あの場にいたリュジーが助けてくれた、ということ。

簡単に助けられたのなら、リュジーだって私にあんな無茶はさせなかっただろう。

私は覚えている。崖底へ落下する時も、リュジーはかなり無理をしていたはず。

だったら、あの状況から私を助けるなんて、余計に無茶だったはずよ。

それでも彼は私を助けてくれた……。何らかの代償を支払ってまで。

「そんな。……いいえ。ありがとう。ありがとう、リュジー。貴方が私を助けてくれたのね」

いたたまれない気持ちになりながらも、まずは感謝を。

だって、それだけのことを彼はしてくれたのだもの。

「……まぁ、どの道、手遅れだったのもあるんだが」

「手遅れ？　そういえば、あの時もそんなことを言っていたわね。貴方」

「……ああ」

「何が、一体、何が手遅れだというの？」

「……キーラに願われる前に、俺はお前を助けてしまっただろう。崖を飛び降りた時だ」

「え？　そうね……」

「アレはダメだった」

「ダメ？」

「悪魔が、そうおいそれと、人間の世界に干渉できるなら。今頃、この世は悪魔だらけになっていると思わないか？」

「それは……そうかもしれないわね」

「そう。悪魔が人間の世界に干渉するにはルールがある。必要以上に、あるいは、ルール以上に干渉しようとするならば、代償を負うのは悪魔自身だ」

「……リュジー。貴方」

そんなにまでして私を助けてくれたの？　胸が熱くなる。

彼に犠牲を払わせてしまったというのに、ドキドキと鼓動が高鳴ってしまって。

どうして？　リュジーは私にそこまでしてくれるの？　それは……。

「悪魔の、悪魔らしい生き方を失う。……受肉したならなおさらだ。この身体は、これから人間の肉体というルールに縛られることになるだろう」

「……それは、つまり、今の貴方は『人間になってしまった』ということ？」

「そうだ。影のままではキーラをあの流れから助けられなかった。だから力強い肉体が必要になったんだ。俺は人間になったんだよ、キーラ」

「……」

自らの、今まで生きてきた身体を失ってまで。

（リュジー。貴方は……私を、そこまで……？）

「まぁ、多少の融通は利きそうではあるものの、今まで通りというわけにはいかないな」

「……リュジー。私、どう言えばいいのか」

「キーラ」

リュジーが、男性の姿をしたリュジーが、優しく私の頬に手を添えてきて。

いつの間にか、私の目尻《めじり》には涙が浮かんでいたようで。

彼は、それを丁寧《ていねい》に、優しく、拭《ぬぐ》ってくれたの……。

「お前が生きていたのなら、それでいい。俺が好きでしたことだ。だから、お前が負い目を感じる必要は何もない」

「リュジー……」

涙がまたあふれそうになる。それだけじゃなく、胸が温かい。

トクントクンと、心地よく高鳴ってしまって。

私は。……私は、彼のことが。きっと、もう。そういう気持ちが既に芽生えていたの。

いつからかは分からない。いつの間にかあった、温かい、大切な、気持ち。

(あっ。私……今、裸、だわ。彼は……)

途端《とたん》に気恥ずかしさが勝ってしまう。

彼であればいいと思う半面、彼に見られるなんて、あまりにも恥ずかしくて。

「……そ、その？　リュジー？」

「なんだ？」

「あ、貴方の、その服は……何かしら？」

見れば彼は、褐色の地肌に、黒いシャツと、黒いズボンを履いている。

（どこから出てきたのかしら、この服。この小屋にあったもの……？）

「ああ、これはまぁ、俺の元身体なんだが……」

「え、リュジーの身体なの？」

「まぁな。今は、ただの服だが」

「そ、そう？」

（いやいや、そうじゃなくて）

「ど、どうして私は裸で、貴方は服を着ているのかしら？　そ、それよりもまず、なぜ、貴方は私を抱き締めているのかしら」

「……何を言っている？」

「何を、って？」

「抱き締めているのは、いつものことだろう？　いつもお前の肌に直接、ずっと抱き着いていた。これは、いつも通りの行為だろう」

「そっ……！　それは！」

いつもは、ただの『影』だったからよ！

「い、今の貴方は人間の、男性なのですから！　少し話が変わってきます！」

「……そうか？　しかし、キーラの服も下着も乾かしている最中だ。それにキーラは今、体温が下がっていたからな。こうして温めてやるしかなかったと思うが……」

「そ、それは！　それは！　……あ、ありがとう、ございます……」

「ああ」

恥ずかしい。嫌だと言うのなら、もう目を覚ましたのだから、離れればいい話なのだけど。

ううん。違うの。嫌とかじゃないのよ。でも、ただ、恥ずかしくて。

ドキドキするのが止まらなくて。離れたくない。ああ、もう……。

分かっているの？　もう、リュジーは人間なのよ？

彼が人間であればいいのに、って私はそう思っていたの。

そんな彼が、本当に人間になってしまったの。そして、こうしている関係も嬉しくて。

私の気持ちは、胸の中は、本当に幸せで満たされている。

そして同時に渦巻《うずま》くものがあった。それは……そう。彼は、私のモノだっていう……。

「……リュジー」

「ああ」

「……人間になったのなら、行く場所を探さなくちゃいけないわね」

「そうだな」

「……行く当ては、私……ということでいいのかしら？」

「そのつもりだったが？」

「そう、よね。うん。そうだと思っていたわ」

でも、だけど。それって、つまり。

どうしてもいいように考えてしまう。頬が緩んでしまって。

私は、もう一度、リュジーの顔を、その瞳を見つめたの。

まだ裸のままで、よく考えれば、彼の腕を枕にしていて。

彼の逞しい胸板に手を添える。彼の手は、私を包み込んで抱き寄せたまま。

……それでも。それだけだった。

彼は、影だった時と同じように私を包み込み、温めて、話し相手になってくれるだけで。

（もどかしい。もどかしいわ……）

もしも今、彼に耳元で愛を囁かれたら。

もしも今、彼に男性としての欲望を見せつけられたなら。

そして、大切な部分を貫《つらぬ》かれてしまったの。

私は、一人の女として得られる悦びと幸福のすべてを手にできていただろう。

身も心も彼に捧げて。それでも多幸感に打ち震えるばかりだっただろう。

……それはまさに堕落《だらく》。悪魔にすべてを捧げて、なお幸福感を得られる確信。

だけど、彼はそうしなかった。

慈《いつく》しむように、ただ私を包み込み、温め、守ってくれるばかり。

安心感。信頼。幸福。私は今、それらに包まれているのに、ただ男女の情熱だけがないの。

(とても、もどかしいわ……)

いっそ、彼がただの人間であったなら。ただ一人の男に過ぎなかったのなら。

一糸纏《いっしまと》わぬ、裸の女を見て、その欲望を注ぎ込んでくれたかもしれないのに。

(な、何を考えているのかしら、私ったら……)

さっきのキスがいけなかったのかもしれないわね。

通じ合う気持ちを通り越した、悪魔的な快感の享受。

それが私の考えを歪ませてしまっている。

「キーラ」

「……なぁに。リュジー」

私は、彼の腕に抱かれながら、身体を委ねた。

すると、彼は私の頬に指を添え、そして顎《あご》の下に手をやって。

「んっ……！」

また、私たちはキスをしたの。

ゾクゾクと快感が背中を駆け抜け、お腹の奥まで熱くなる。

トクントクンと胸が高鳴り、胸の中から幸福感があふれてくる。

悪魔のような甘美な快感。

全身を支配され、女としての悦びだけで幸せになれるような錯覚を覚えたわ。

「はぁ……はぁ……。どうして」

「俺は、お前が好きだぞ、キーラ」

「えっ」

な、何を言っているのかしら。

「なに。今はもう人間だからな。先のことを考えると、死ぬまで人間として生きていくことになる。ならどうするか、という話なんだが」

「ど、どうするの？」

「キーラのすべてを奪う」

「え、ええ……？」

「嫌か？」

「……」

（すべてを奪う、って。もし、そんな気があるなら、とっくに……）

リュジーがその気になれば、私は逃れることなどできるはずがない。

今やこうして男性の力さえ手にしてしまったのだし。

……力があるというのに、リュジーは私の意志を問うてくれる。

私が選ばなかったら、スッと身を引いてしまいそうな、そんな距離感。

「……ずっと、一生、私のそばにいるの？　リュジー」

「ああ。死ぬまでキーラのそばにいる」

「……人間の男女として、愛し合うの？」

「ああ。そうしたい」

「……どうして、そうしたいって言ってくれるの？」

「キーラのことが気に入ったから。お前の生き方が。選択が。その矜持が。……悪徳が。

好きだから。言っただろう？　俺の好みは悪女だって」

「……そう、ね。貴方はそう言っていたわね」

「まだ、キーラの望む『愛』は分からない。だが……」

「だが？」

「キーラを、助けて、話して、手を触れて、唇に触れて、抱き締めて、見守って、背中を押して、共に歩いて、笑って、怒って、泣いて。……そうしながら、死ぬまでキーラと一緒に生きたいとだけ思っている」

「────」

(ああ。それは、その気持ちは)

私は確信に至った。そして歓喜の涙を目尻に滲ませながら、笑って。

「……リュジー。それは、それはね」

「ああ」

「……愛している、って。そう言っているのと、同じことなのよ……」

「そうか？　ふむ……？」

そこだけ分かっていないなんて。悪魔の情は分からないわ。……でも。

私は、……今までで一番、満たされた気持ちになったの。

胸の中が、とても温かいものでいっぱいになった。

「じゃあ、リュジー」

「ああ」

「……これからも一緒に生きていくために。色々と準備をしないといけないわね」

「ああ。そうしようか」

そして、彼はまた私の身体を強く抱き締めて、こう言った。

「最初のキーラの人生に、幸福を」

「……ええ」

私は、この人生で、最期の時まで愛する相手を決めたのだった。


しばらく、彼と一緒に語り合っていたわ。

布一枚だけを二人で羽織《はお》って。

横になったまま、彼の腕枕で。私は裸のまま。

彼の優しく、愛おしい者を見る目を向けられ、微笑みかけられながら。

私も、彼の顔の間近で、心からの微笑みを彼に向ける。

肌が見えたって、それでも構わなくて。

ただ、彼の微笑みが、存在がそこにあることを喜んで。

……私は、私は、彼が好き。彼のことを……愛しているわ。

◇◆◇◆◇

「そろそろ出るか、キーラ」

「そ、そうね。リュジー」

リュジーと生きていく未来を決めた。それは、男女の仲で生きていく、という意味だ。

乗り越えなければならない問題は、多くあるだろう。差し当たっての問題といえば、そう。

(は、恥ずかしいわ……。すごく恥ずかしいわ……)

裸を見られた。あますところなく。肌に触れられた。強く、強く抱き締められた。

キスをされた。初めてのキスを彼に奪われた。

それに舌を交わらせてのキスまでして、私はそれを嫌がりもしなかったの。

(なんてことかしら。なんてことなのかしら！)

あのキーラ・ヴィ・シャンディスが！

侯爵令嬢キーラが！　王の伴侶になるとされていた、この私が！

(キスしたし、裸を見られたし、触れられたし、抱き締められたし、キスしたし)

気持ちの問題がどうのという前に、この時点で責任問題ではないかしら？

まず貞操《ていそう》とかの問題なのでは？　責任を取ってもらうしかないとか、そういう問題では⁇

（で、でも彼は悪魔だし）

身分はない。孤児と変わらないということよ。

侯爵令嬢である自分とは、決して釣《つ》り合わない。

いえ。それでもお父様なら、私が真剣に願えば、きっと彼との仲を認めてくださるはず。

その確信はある。二度目の人生で得た確信よ。

「キーラ？」

「え、ええ」

（問題なのはリュジーの方なのよね……！）

キスしたのだ。なんといっても、キスしたのだ。

もちろん、裸で抱かれた方が問題なのだけど！　とにかくキスをしたのよ、私たちは！

……それでも、男女の一線を踏み越えていない、私たち。

（それは、ちょっと。……ないんじゃないの？）

だって。だって。二人きりだ。

愛し合う関係と確認したうえで、深いキスを繰り返して、裸で抱き合ったのだ。

どこがどう、一線を越えない余地があるというのだろうか。

流石に。流石に、この状況であれば、あのレグルス王でさえ抱くのでは??

そう、私は訝《いぶか》しんだ。

(いえ、別にその、彼に抱かれたかったとかじゃなくて)

そう。違うのだ。

これは、私が……まさか私の方が、男性よりも、積極的だとか情熱的だとか。

あの欲求が強いだとか、そういうのではない。断じてないのよ。

でも、恋人同士で、このシチュエーションで一線を越えない。その意味がまるで分からないだけなの。言ってしまえば、これはミステリー。そう、謎解きね。

なんで？　なんでだろう。おかしくない？　そういうホワイダニットなのよ。

(あんなにキスや、肌に触れるのが気持ちいいくせに)

リュジーは悪魔だ。だからなのか。いや、だからに違いないのだけど。

……彼に肌を触れられるだけで、気持ちいい。

キスは初めてしたが、あんなにもすごいものだったとは知らなかったわ。

決して、私がそういうのを強く求めているとかではないの。それは間違いないことなのだけど。

(もしかして、もしかするのだけど。この悶々《もんもん》とした気持ちや、身体の不満は……この先もずっとなのかしら？)

もしも、それこそが、悪魔と恋人になるということの代償だとしたらどうしよう。
私は耐えられるだろうか。たった一晩でさえ、もどかしい気持ちでいっぱいなのに。
(い、いいえ。違うわ。だって、そう。今夜は特別な夜だっただけ)
リュジーは代償を支払ってまで、これまでの自分を捨ててまで私を助けてくれた。
彼自身を捧げてくれた。そして私は、命そのものを何度も彼に救われてきたわ。
王家の影から逃げる決断。崖へ身を投げた時。
激流に流されてしまいそうになった時。最もつらい時に励まし、支えてくれた。
何よりも冤罪で投獄された私を、最初に罪はないのだと信じてくれた。
……二度目の人生、という得難い体験もさせてもらった。
(あの経験がなければ、今のように気持ちにケジメを付けられなかったでしょう)
いつまでもレグルス王を愛していることに囚われて。
彼の理不尽に。彼から受ける私の処遇に。
ただ『愛している』という感情だけに囚われて、彼の伴侶となる選択を受け入れて。
そしてレグルス王は、私にいつまでも謝ることはない。
私に頭を下げることはせず、口を開けば威圧的《いあつてき》な言葉ばかりかけてきて。
『愛している』なんて言葉をかけてくることはない。

好意を示すことさえも、ない。

だというのに、私は『愛しているから』『愛しているのだから』という気持ちで彼のすべてを受け入れる。愚かで、おぞましくて、気持ち悪い。そんなキーラになっていたの。

王の愛奴隷《あいどれい》。神の操る駒。キーラ・ヴィ・シャンディス。

……そんな人生を歩んでいたかもしれなかったわ。

(すべて、リュジーが変えてくれたわ。そして、いつも寄り添ってくれたの)

牢獄の中で話し相手になってくれた。

愛こそ囁かれはしないけれど、私に寂しい想いなどさせなかったわ。

……私が、リュジーにしてもらったことは沢山あって。

今夜は、さらにそれが特別に重なっていて。だから特別な夜だったの。

……女の私が、はしたなくも、自ら彼と結ばれたいと願ってしまうほどには、特別な夜だった。

「はぁ……！」

「キーラ？」

もうダメ。彼と結ばれることばかりを考えてしまう。

その理由ばかりが頭の中を駆け巡ってしまう。

私にはリュジーと結ばれる理由しか導き出せないの。

どう考えたって、彼にすべてを捧げるのが正解だとしか思えないわ。

むしろ、いっそのこと、私の方から彼を押し倒してしまうのが最適解《さいてきかい》なのでは？

なにせ騎士としても生きようとした私だもの。

戦いとは攻めの一手！　そう言っても過言ではないわ。

「もう！　もうー！」

「……何を悶《もだ》えているんだ、さっきから」

「誰のせいだと思ってるの!?」

「知らん。俺のせいなのか？」

（そうよ！）

私は頬を膨《ふく》らませて、彼に精一杯の抗議の態度を示したわ。

「……まだ体力が戻らないのなら、休んでいてもいいが」

「はぁ。いえ。いいえ。まだ、ここは安全地帯ではないものね……」

「そうだな。流石に先に下流を捜すとは思うが、時間が経てば分からない」

（確かに、あの豪雨と激流の中を、落下した非力な女が、上流へ泳ぎ切るとは思わないはず）

誰が思うだろう？　服の下に男を隠していたなんて。

そして、それが悪魔だなんて。

そんなことを思いつく者がいるはずもないわね。

「ふぅ……。そうよね。時間がそれほどに経つ前なら……森を抜けられるはず。遠巻きに動けば、シャンディス侯爵家へ戻るルートだってあるはずだわ」

「そうだろう。それに」

「それに？」

「キーラは勘違いしているが。今の俺は悪魔だった時の『名残《なごり》』ぐらいの力はある」

「……名残？」

「ああ。ほら」

と、リュジーは黒髪・褐色肌の人間の身体とは別に『黒い影』を伸ばしてきたわ。

「あっ！」

そして、その影が、また私の服の下に入り込んで肌を這いずり、包み込まれたの。

「影を伸ばして索敵《さくてき》に使ったり、キーラを守ったりできる。……まぁ、森の中を進むのには、方角を確かめたり、獣の接近を感知したりと、それぐらいはできるし……。枝葉からキーラの肌を守ったりもできる。多少、体温の低下も防げるはずだ」

「……」

リュジーは淡々《たんたん》と説明してきたの。

……今、私の服の下。肌に直接、彼の体温を感じているのに。

「キーラ？」

「……リュジーの」

「？」

「――スケベ！」

私は、怒鳴ることでしか、この気持ちを形にする術を知らなかったわ。

キョトンとした彼が、愛おしいやら憎たらしいやら。はぁ、もう。

◇◆◇◆◇

「キーラ。平気か？」

「ええ、リュジー」

人間の身体を得たにも拘わらず、相変わらず人の温もりを持った影を操るリュジー。

……今、私は人間の身体のリュジーと手を繋ぎつつ、森の中を歩いている。

服の下は全身を覆うように彼の『影』が張り付いている。

（雨雲のせいで太陽が見えず、気温が下がっているから……温かくていいのだけど）

どうにも落ち着かないの。

今までずっとそうしてきたのだから変わらないだろう？

と、そう言われればそうなのだけれど。

（もう、いわゆる『恋人』なのだし。常に肌に触れられているというのは、はしたないわ）

悪魔に人間の、それも貴族令嬢の常識なんて言っても、どうにかなるものかは怪しいけれど。

平民であればもう少し、婚約の段階、お付き合いの段階から、肌に触れ合ったり、キスをしたりすることも多いとは聞くけれど……。

私は、侯爵令嬢なのよ？　それが、その、婚前交渉スレスレみたいな……。

リュジーの側にそのつもりがなくても、でも、愛情は向けられているから……。

（一番の問題は、私が嫌じゃないってことなのよね）

……それどころか、嬉しいと思っているの。

彼がそばにいることで、安心感が生まれ、そして温かさに包まれる。

半面、彼がそばから離れてしまったら、耐え難い寂しさを覚えるような……。

（恋愛。恋心。レグルス王に向けていた、いつも苦しい気持ちとは違う……温かさ）

それは少し、二度目の人生のレグルス王との関係に似ていた。

私の気持ちに、しっかりと気持ちを返される手応え。一体、どう違うのか。

（……『両想い』だから？）

相手の気持ちが返ってこない。

それどころか、冷たく遇される関係は、温かさを感じるよりも冷たさや苦しさの方が強かった。

繋がれてしまえば、これこそが愛の形なのだ、と信じられる確信が生まれるのに。

「ねぇ、リュジー」

「なんだ？」

「……私、貴方が好きよ」

「……」

リュジーがキョトンとした顔で私を振り返った。

人が誰もいない、森の奥。雨は止《や》んでいるけれど、薄暗く、湿っている闇の世界。

そんな闇の中に溶け込みそうな彼の褐色の肌。漆黒《しっこく》の髪。

美しい翡翠色の瞳が私を見つめ返してきた。

「ああ。俺もお前が好きだぞ、キーラ」

「――」

カァっと私の顔が熱くなった。

顔の表面が真っ赤に染まってしまうのが、自分でも分かるほどに。

リュジーに『好きだ』と言われただけなのに。

キュンと胸の奥がときめいて、幸せな気持ちがあふれてきた。

「か、簡単に言うのね。好きって」

「は？　お前が言い出したんだろう、キーラ」

「そ、そうだけど！」

（そんなに素直に好きって返されるの、まったく慣れてないのよ！）

「……好きよ？」

「ああ。俺もキーラが好きだ」

「〜〜〜！」

（こ、これはまずいわね。今まで縁がなかったから知らなかったけど、思った以上に、その）

いい。まるで生まれて初めて口にした、お菓子のような甘さ。

思わず、頬がにやけてしまう感覚……。

「……キーラ？　今は、もう少し真面目に動いた方がいいと思うのだが……」

「あ、そ、そうよね！　ごめんなさい」

（わ、私としたことが……。舞い上がっているのかしら？　舞い上がっているわよね……）

崖から飛び降りる前。激流にさらされた時。

あんなに絶望していたのが嘘のように、今の私は幸せな気分でいっぱいになっているの。

（まさか私が、こんなふうになるなんて）

もしかしたらだけど。

もっと早くにレグルス王のもとを離れていれば、それで済んだ話だったのかもしれないわね。

……二度目の人生が、まさにその『もしも』か。

そう考えれば、神の予言は、いかにも邪魔なものでしかなかったわね。

「ねぇ、リュジー」

「うん？」

「神様は、どうしてあの予言をしたのかしら？　私が王の伴侶になるなんて」

「……さぁな」

「分からない？　リュジーでも」

「俺は悪魔だぞ？　ハッ！　俺にとって、あるいは俺の気に入った人間にとって不都合な出来事、嫌な出来事、つまらない出来事！　……そんなのは、みーんな神様のせいさ！」

リュジーは大げさな手振りで天を仰いだ。

まるで今の暗い天気こそ、私たちにとっての神様だというように。

そうして彼は続けた。

「悪いのは、いつだって神様だ。試練を与えれば人間が成長するなんて思い込んでいる。己が課す試練は、災害は、あくまで人のためであると！　そこに『個人的な幸福』など関係ないのだろうさ。神は大きな視点をお持ちだ。それを思えば、そうだな、キーラが、あの王の伴侶となることは……この国を豊かにしただろう。アレは、今や唯一の王族だ。だからアレが王であることは変えることができない。であれば、多くの人間を正しく導くためには、あの王を、強く賢く機能させる『道具』が必要だ。パートナーと言えば聞こえはいいが、その実、アレを賢君に仕上げる『道具』が必要だった。だからキーラなのだろう。それには、お前の幸福など、どうだっていい。お前がアレに捕まることで、アレが王として安定し、民草《たみくさ》は幸福を享受する。王国にとっては、それこそが重要なことなんだ。より多くの者達が大事だ。キーラ・ヴィ・シャンディス個人の幸福なぞよりも、ずっと。多くの『誰か』が幸せであることを正解とするのが、神様の課す運命だ」

「……リュジーはそうじゃないの？」

「ああ。俺は悪魔だからな。99人の善人の幸福が台無しになろうとも、一人の悪人が幸福になる選択を楽しんでいる！」

「そう……。でも、リュジーには悪いけど」

「うん？」

「私、そこまで悪人じゃないわ？」

「そうかな？　もしも、この先、アレが暴走し、多くの民が犠牲になったら？」

「……なるというの？」

「知らん」

私は、ガクリと肩を落としました。

「別にリュジーって未来が視《み》えてるわけじゃないものねぇ……」

「そうだな。だが、今の時点でアレの行動は、大概……アレだろ」

(王宮を出た私に対し、家に帰ることさえ許さず)

(王家の影を動かして、しかも王族の罪人が入れられる幽閉塔に監禁しようとした)

「……確かに、すごく……アレだけど」

今は対象が私だけだから、まだ大きな問題にはなっていないけれど。

でも、それが市井《しせい》の者達にまで広がったら？

「……私がそばにいなければ、レグルス王は『暴君』になるのかしら」

「今の時点でも、そんなようなもんだろ」

そうかもしれないわね……。だとしたら、私は。

「キーラ」

「うん？」

「俺は、お前のそばから離れない」

「……うん」

私がするべきことは。

「レグルス王の暴走を止めないといけないわね。それも王の伴侶にはならない方法で」

アルヴェニア王国に住む侯爵令嬢、キーラ・ヴィ・シャンディスとして。

レグルス王の妻、王妃となる人生を選ばなかった女として。

神の定めた運命を自ら踏み外し、悪魔を愛した女として。

暴君になろうとしているレグルス王をお諫めする。ただの臣下として。

「私、やるわ。リュジー」

「そうか」

「……そのためには、まず侯爵家に帰って、お父様に会わなくちゃ」

「そうだな。必ずお前を無事に、お前の父のもとへ送り届けてやろう」

「うん……。リュジー、貴方も一緒じゃなければダメよ？」

「そうか？」

「ええ。貴方と一緒だからこそ、できることがあるのだから」

「そうか」

「リュジー。貴方から授けられた『魔法』を使うわ。……レグルス王に」

「くくっ、そうか」

悪魔リュジーが私に授けた魔法。

それは私の『起源』に属する魔法であり、またそれを破壊する魔法だったの。

人生で一度きりしか使えない、取り返しのつかない破滅をもたらす魔法。

……私とレグルス王のためにあるような、そんな奇跡であり、絶望。

奇跡なんて一度きりのもの。二度目の人生を歩んだことも、また奇跡といえたけれど……。

今の私は、その奇跡の人生を拒絶したの。

『最初の人生を歩むキーラ』は、あの日、地下牢に閉じ込められたあとで『夢を見た』だけで
……悪魔の手を取った。故に、まだ私の人生を変える奇跡は行使されていないのだ。

——魔法を使う舞台を整えよう。

リュジーと、これからの人生を共に歩んでいくために。

追手から逃れ、必ず無事に家に帰り、そしてお父様に会おう。

そう決意して、私はリュジーと手を繋ぎ、暗い森の中を歩き続けた。

書籍版書き下ろし① キーラの魔法修行

「まず身体を楽にしろ、キーラ」

「ええ、リュジー」

まだ私が貴人牢にいた時。私は悪魔のリュジーから『魔法』を教えてもらうことになったの。

魔法よ、魔法。とってもワクワクするわよね。

でも、私が使えるのは、生涯で一度きりの魔法らしいの。

箒《ほうき》に跨《また》って空を飛んだり、火を放ったりはできそうにないわね。

「ふぅ……」

リュジーも影の姿のまま。私の服の下や髪の毛の中にいて、全身に彼の存在を感じる。

ベッドの上に横になり、彼に身を委ねるように瞼《まぶた》を閉じる。

楽な姿勢で、呼吸を整え、肌に触れる彼の存在だけに意識を集中したわ。

「魔法の基本のおさらいだ、キーラ」

「ええ」

「悪魔が与える魔法は、その人間個人の『起源』に影響する魔法になる」

「起源ね……」

さて。私の起源とは何なのだろう。

今の私としては『復讐』こそが起源とも思うけれど。

でも、それって今の私だからなのよね……。

たとえば、二度目の人生の私だってキーラ・ヴィ・シャンディスだったわけだけど。

あの時の私の起源が『復讐』ですって言い張るのは無理があると思うわ。

ということは、別の要素が私の起源？

あんまり今、私が抱いている感情とかは関係ないのかもしれないわね。

「んっ……」

徐々にリュジーの影が、私の肌に触れる感覚と体温が広がっていく。

二度目の人生に移動した時や、最初の人生に舞い戻った時と同じね。

身体のすべてを彼の影が包み込み、覆っていく感覚……。

ん？　同じ？

「りゅ、リュジー？」

「どうした？」

「その。ちょっと。いつも通りにされると、困るかも……」

「何がだ？」

「何がって」

……二度の不思議な体験。その際も彼は私の身体を包み込んだわ。

その時、なんというか、言い知れない……快感、を感じてしまったのよね。

恥ずかしいことだわ。はしたないことだし。

「……お手柔らかにして欲しいわ」

「わけの分からないことを言ってないで、集中しろ」

「うぅ……」

私が悪いのかしら？　なんだか納得いかないわね。

でも、とにかく集中する。身体を包む体温。

闇の中心にいて、影に抱かれ、まるで赤ん坊になったかのよう。

そこに何かが入り込んでくる。身体の中にではなく、心の中に入り込んでくる感覚。

「……！」

胸の奥。頭の底。感覚が伸びて、そこに到達する。

私の意識もまた、深く、深く、影に沈み込むように。

瞼の裏に淡い光が宿ったわ。そして、私の意識は——

「キーラ。おいで、ほら」

「あぅー」

「ああ、キーラ。愛しい子……」

その声は、どこまでも優しくて。導かれると、温かく、幸せを感じた。

(誰……)

「キーラ。本当に可愛い子ね」

私を抱き上げて、あやしているのは……。赤い髪と赤い瞳をした綺麗な女性だった。

大人に成長した私の姿とそっくりで。

まるで鏡に映った私が、髪と瞳の色だけ赤く染めてしまっただけのよう。

「あーぅー!」

(お母様……! アミーナお母様だわ……!)

アミーナ・ヴィ・シャンディス侯爵夫人。私の実の母親。

かつてのレグルス王が求めたという、私の母親の姿……。

「キーラ。愛しい我が子。ふふ」

(お母様……)

これは私の記憶だわ。アミーナお母様が生きていた頃の記憶。

私は、どうやらまだ赤ん坊で。お母様に抱かれてあやされているよう。

(お母様……)

微笑んでいる。愛おしそうに。

それは二度目の人生で向き合った、父の言葉を再現したように。

私は、確かに、母にもまた『愛』されていたの。

「キーラ。ちゃんと、元気に生きて、幸せになるのよ」

「あぅー!」

「いつだって貴方のことを見守っているからね。時には、貴族の義務と向き合わなくちゃいけないことがあるかもしれないけれど。それでも、貴方は……幸せになって。私のように愛した人と結ばれて欲しいと願うわ。愛してくれる人と、がいいかしら、ね?」

優しく、愛おしく。どこまでも慈愛に満ちあふれたような、私を抱く人の言葉。

「アミーナ。私にもキーラを抱かせてくれ」

「ええ、カイザム。大切にね」

「ああ。もちろん」

そして、次に顔を見せたのはお父様だった。

カイザム・ヴィ・シャンディス侯爵。私と同じ、銀の髪と碧眼《へきがん》を持つ男性。

「本当に……可愛らしいなぁ。キーラは」

「ええ！　だって私と貴方の子ですもの。愛おしくて堪らないわ」

「ああ、本当に。愛している。愛しているよ、キーラ」

「あぅー！」

(お父様……)

そこには幸せがあった。

愛し合う両親のもとに生まれた、二人の愛を注がれて抱かれる、私。

両親の笑顔が曇ることはなく、互いを見つめ合う瞳には、信頼と愛情が感じられた。

(……)

この記憶は一体、何を意味するのだろう。

悪魔が見せた幻。だけど、確かにあったはずの出来事の記憶。

私が感じているのは……『愛』だわ。

両親から惜しみない愛情を、私は注がれている。

胸の中に温かいものが広がった。それは形はないけれど、確かにある何か。

「……」

懐かしくも穏やかな光景は徐々にぼやけ、消えていく。

あの両親のもとに私は生まれて来たのだから。お母様にあんなふうに願われ、祈られたのだから。きっと。きっと、幸せを掴んでみせたいと思った。

いつか必ず領地に戻り、お父様と再会を果たして。

この最初の人生を、自ら見捨てることなどなく。

どれだけ地の底に落とされたとしても……何度でも這い上がるように。

私の心は、何も積み上げることができなかった脆い土台ではなかった。

キーラ・ヴィ・シャンディスの根底には、確かな『愛』がある。

やれる。ここにある。確かに私は。

（……ああ。だから……）

光は確かに形になった。私は意味を理解した。

私の『起源』。その言葉が意味するものを……。


「キーラ。目が覚めたか？」

「……リュジー」

気付くと私は、貴人牢のベッドの上に戻っていた。

うん。元から身体は動いていないのだけれど、私の意識が、ね。

「……お母様の夢を見たわ」

「そうか」

「お父様と、お母様がね。赤ん坊の頃の私を抱いてくれていたの」

「そうか」

「……ふふ。いいものを見せてくれたわね」

私は、胸の下辺りにある、リュジーの影の身体を撫でた。

胸の中には確かに、私の内側に宿った何かを感じたわ。

「これが……魔法？」

「の、素《もと》だな」

「魔法の素……」

「それだけでは、キーラの中から汲み上げただけだな。それはいわばエネルギー源。だが、エネルギーがあるからといって何でもできるわけじゃない。そして、それは一度使ってしまえば、なくなるものだ」

一度きりの魔法を使うエネルギーの素、ね。

「じゃあ、魔法の練習なんてできないのね？」

「まぁ、そうだな」

だって使ってしまえば、それまでだものね。

「じゃあ、どうするの？　呪文でも覚えればいいのかしら？」

「いいや。そんなものは必要ない。まずは……これから、その力の素を、キーラが使えるように俺が加工する」

「加工？」

「そのまま使うんじゃあないのさ。そして悪魔が授ける魔法は、破滅をもたらすもの」

「破滅ですって？」

「そうだ。破滅だ。なにせ悪魔だからな？　くくっ……」

その言葉に、私は少し警戒心を引き上げる。

リュジーは悪魔なのだから。ついに牙《きば》を剥《む》き始めたのか、なんて。

「……でも、コレの、破滅？」

私が先程感じた『起源』について考える。言葉で表せば、それは一言。

ただし、それの破滅の魔法となると、使い道が思いつかないのだ。

「どうした？　キーラ」

「この力の方向を破滅に向かわせる、ということよね？」

「そうだな」

「……それは、普通に困るだけなのだけど」

だって、それだと使い道が一人に限られてしまうでしょう？

そして、その破滅だなんて私は望んでいないわ。

「ん？　ああ、両親の夢を見たと言っていたか。違う違う」

「違うって、なぁに？　リュジー」

「それが属するのは、もっと根源的なものだ。そして魔法を使う対象は、お前の父親でなくてもいいだろう」

「根源的な……？」

ちょっと、よく分からないわね。

「掴んだのだろう？　キーラの『起源』を。なら、それを言葉にしてみるといい。そして、それに破滅をもたらす。破滅、破壊、砕く……魔法だ」

破滅。破壊。砕く魔法。私の起源を。それは、つまり。

「――を、砕く魔法？」

そう言葉にしてみると、誰にそれを使えばいいのかが頭に浮かんだ。

「……ああ、そういう。なんて悪魔なのかしら」

「くくっ」

リュジーったら、本当に悪魔だわ。

「これが、そういう用途だとすると。……ねぇ、リュジー」

「なんだ？」

「私の二度目の人生のことも、思い出した方がいいのかしら？」

「……ふむ」

二度目の人生の5年間。

それは、紆余曲折《うよきょくせつ》あったけれど、侯爵家の皆と、彼との思い出と言えた。

二度目の人生のレグルス・デ・アルヴェニア。

復讐心を忘れた私は、確かに彼と婚姻を結ぶほどの絆を得たの。

「砕くというのなら。あの思い出もまた、捧げるような……それも違うのかしら？」

「いいや。それでもいいな。ただし、キーラから記憶がなくなるわけじゃないぞ」

「それは、むしろ安心したわ。記憶がなくなるのは話が違うものね」

では、一体、何が砕かれてしまうのかしら。

……それは、きっと私の、ううん。

私たちの、未来に必要な魔法なのだと思う。

「じゃあ、もう少しだけキーラの中を探ろうか」

「……ええ」

中を探るって、いかがわしい言い方ね。

そして再び、私の意識は影の中へ。その向こうに見えたのは。

「キーラ。これから私と共に王国の未来を築いてくれ」

「……ええ。レグルス王」

二度目の人生で、彼が私に見せた、真に愛おしい者を見る表情。

彼に跪かれ、求愛され、プロポーズを受けた、私。

「レグルス様」

「キーラ」

胸に満ちるのは、やはり幸福。

そう。私は、確かに幸せだったの。悪くないと思っていたわ。

……きっと、これが最初の人生であれば、どんなに良かったかと思うぐらいに。

「レグルス様……」

報われた私。愛を拒絶されなかった私。彼と愛し合う私。

きっとこの人生の私は、アミーナお母様が望んだような、幸せな人生を掴むのだろう。

国内に大きな混乱などなく。また王宮も大きく乱れることなく。

せいぜい、ミンク侯爵が騒ぎを起こす程度の世界。

レグルス王の寵愛は、聖女には向けられず。

彼の愛は、すべてキーラ・ヴィ・シャンディスに向けられて。

私は、悪女になどならず。

ユークディア様は、大神殿へ赴《おもむ》き、エルクス大神官様の下に仕えるそう。

彼女は、名実共に聖女の道を選ぶことになったわ。

王宮に蔓延《はびこ》っていた、不穏の種は取り除かれた。

ケイト・マクダリンのように私を見下す者もおらず。

誰からも才女と称賛を受け、王の愛を与えられる、私。

「キーラ。貴方を愛している」

「レグルス、様……」

欲しかった言葉。望んでいた言葉。こうなればいいのに、と願った魔法の世界。

すべての願いが叶ったと言ってもいいような、そんな幸福な世界。

キーラ・ヴィ・シャンディスが迎えたのは、物語のハッピーエンド。これでいい。これで良かったのかもしれない、そう思ってしまうほどの、輝かしい世界の姿。
「キーラ。もう、どこにも行かないでくれ。私から逃げないでくれ」
「ふふ。ええ、レグルス様。もう貴方から逃げたりしませんわ」
（……ああ。私は、そんな言葉をかけたかしら）
それだけは二度目の彼に申し訳なく思う。
でも、あの世界には、本来生きるべきキーラ・ヴィ・シャンディスが残ったから。
……どうか、許してください、二度目のレグルス様。
願わくは、純粋に彼を愛していた私の心が、あの世界に残っていることを。
もう触れられず、二度と戻ることのできない時間。
同じキーラ・ヴィ・シャンディスなのだから。
きっとレグルス王のことを愛しているはずよ。
だからどうか、最初の人生の私の心になど囚われず、幸せに生きて欲しい。
お母様がかつて私に願ったように。
そういう世界があるのだというだけで、私の心は救われる。
私が選んだ、この道に、この人生に後悔せずに生きていける。
『貴方達』は幸せになってちょうだい。

私ではない私。彼ではない貴方。

その可能性があって。報われる人生があったのだと。

「キーラ。愛している。これからも、ずっと。永遠に」

「ええ。レグルス様。私も貴方を……愛します」

そう誓うほどの心を、私は——


「……キーラ」

「んっ……」

リュジーの影の手が伸びてきた。

そして、私の目元を優しく拭ってくれたの。

「……私、泣いていた？」

「そうだな」

「そう……」

幸せな光景を見たはずなのに、泣くだなんてね。

「今度は、二度目の人生の、レグルス様との思い出を見たわ」

「そうか」

「……そこにあるのは、きっと同じなのね」

私の起源。悪魔の力を借りて、砕くべき、運命。

「……なんだか疲れちゃったわ」

「そうだな。休むといい。なにせ、ここでは休む以外にすることがない！」

「ふふ。そうね。牢屋の中だものね」

私はいまだ、貴人牢に囚われたまま。

「だが、キーラが使える魔法の力は大きくなった。きっと望む結果を得られるだろう」

「……そう」

「あとは、どこで、いつ、……誰に、使うかだな」

「どこと、いつ、は分からないけれど、誰に使うかは決まっているわ。リュジー」

「ほう？　まぁ、そうだろうが」

——を、砕く魔法。

それが私、キーラ・ヴィ・シャンディスだけが使える固有魔法《ユニーク》。

悪魔に与えられる、運命に抗う力。

「リュジー」

「ん？」

「……ありがとう。涙を拭ってくれて」

「どういたしまして」

お父様、お母様。そして二度目の人生のレグルス様。

貴方達がいてこその、今の私です。それでも。

私は、この最初の人生を、私の人生を、生きていく。

貴方達が望んだ未来ではないかもしれないけれど。

私は、この人生を最後まで諦めたりはしない。

「リュジー。これからも……よろしくね」

「ああ。キーラ。希代の悪女様。くくっ」

この悪魔と一緒に、私はキーラ・ヴィ・シャンディスの人生を歩んでいく。

書籍版書き下ろし②　二人の時間

「……」

私たちは、私と彼、リュジーは愛を確かめ合ったわ。

彼は私を愛してくれているし、私も彼を愛している。

だから彼の腕に頭を乗せて、こうして触れているのも嬉しく思っている。

「リュジー」

「ああ」

でも、彼は悪魔よ。

「……ずっと、貴方は人間のまま？」

「ああ。人間として死ぬまでな」

「歳は取るの？」

「ん……。まぁ、そうだろうな。人間になるとは、そういうことだろう」

「そう……。じゃあ、私と一緒に老いていくのね」

でも、死ぬまで、ね。そのあとはどうなのかしら。

「死んだ……あとは？」

「死んでからのことなんて、誰にも分からない。そうだろう？」

「……まぁ、そうね」

これは流石に未来のことを考え過ぎよね。

「人間として同じように老いる。……お腹は空くの？」

「ああ。肉体の機能としては、人間そのものと思ってくれていい」

「……そう。じゃあ、本当に人間として扱っていいのね」

「ああ」

私たちは、横になって並んで寝ていた。

小さな小屋の暖炉には火が点《つ》けられていて、パチパチと薪が燃えていた。

濡れた服を乾かすために、私は裸で。身体を温めるために彼に抱かれていて。

(愛し合っている男性と二人きり、そしてこの状況……)

誰に見られたわけでもないけれど、言い逃れなんてできないわね。

それに私も、彼を離す気はなくて。

「元の、影の姿には戻れない……の？」

「ああ。人間になることを代償にして、受肉したんだ。もう戻れないな」

「……リュジー」

私の、人間の私の目線ならば、なんてこともないように思うけども。

だけど、それが逆の立場であったなら？

人間であることを捨て、影の身体になって。

そこまでして、相手を、私を助けてくれたリュジー。

もしも愛がなかったのだとしたって、その想いと行為には報いなければいけないわ。

「リュジー……」

私は、よりいっそう彼に身体を密着させた。

彼から献身的な愛を感じる。心が打ち震えるような感動。

愛した異性から愛されている実感は、胸の奥に多幸感を芽生えさせる。

「貴方は私のものよ、リュジー」

「ああ」

「……なら、これからずっと私たちは一緒にいるわ」

「ああ」

「……侯爵家を継ぐ、侯爵令嬢の、伴侶となるのよ、人間のリュジーは」

「そうだな。ふむ。……なれるのか？」

と、リュジーは当然の疑問を問いかけたわ。そこよね。

「……まず前提として、お父様に認めてもらわないといけないわね」

「ふむ」

「そこは……たぶん、大丈夫だわ」

「そうか？」

「ええ」

カイザムお父様に私は愛されている。

そしてシャンディス侯爵家は今、他家との政略結婚を必要としていない。

私は本来、王の婚約者であり、つまり家を出る予定だった。

だから縁戚《えんせき》から養子を取り、継がせるはずだった。

問題となるのは、そちらだけなのだけれど、まだ深くは話が進んでいなかったはず。

能力的に問題がないなら、直系の子である私が、侯爵家を継ぐのが妥当よね。

……でも、いいのよ。別に。爵位を継げなかったとしても。

そうだとしても、私がリュジーと離れることはない。

「……あくまで仮に、私がシャンディス侯爵家を継ぐとして」

「ああ」

「貴方の身元を、どうにかして作るのが先ね」

「身元か」

「うん。でもまぁ、この国にだって孤児はいるから……」

「侯爵閣下の許可さえあれば、どうにでもなりそうだな」

そうなのよね。私が望んでいる以上、あとはお父様が説得できるか、ぐらい。

少なくとも、護衛や執事として取り立てることはできるわね。

孤児から拾い上げて、令嬢に仕える侍女や側近に据える、というのもままあることよ。

貴族として継がなければならない血は、私が有している。だから。

「リュジーは私に婿入りよ」

「ああ」

「……いいの？」

「うん？　そりゃあ、いいだろう。何か問題があるか？」

「ううん、ないわ」

今まで私の相手は王族だったからね。つまり、身分的には私よりも上の人。

ということは、そこには男性のプライド的なものもあるはずで。

女の私の方が身分は上の婚姻となると、思うところが出てきたっておかしくない。

……そんなこと、悪魔の彼に言ったって仕方ないわよね。

「……つまり、その。リュジー？」

「ああ」

「貴方は、私と……結婚することになるわけだけど」

「うん」

「……まぁ、これは前提としてね？　当然、そうなるわよね、という確認であってね」

「おう」

「それと、その、儀式的な？　求愛、宣誓《せんせい》とは、また別だと思うのよね」

「ふむ？」

これはあくまで確認。結婚は可能？　オーケー。という事務的な確認に過ぎない。

でも結婚するというのだから。

それも政略結婚とは、違う。

……どちらかといえば、恋愛結婚？　よね？　たぶん。

となれば、ええ。ええ。必要なプロセスがあると思わない？

具体的に言えば、そう。男性からのプロポーズ、とか……。

脳裏に、二度目の人生のレグルス様との記憶が過ぎていった。

（同じ言葉は嫌ね……）

勝手な話だけれど。

違う思い出であって欲しいわ。

あるいは、リュジーとの思い出が、私の記憶を上書きしてしまうかもしれないけれど。

……二度目の人生で出会ったレグルス王は、悪くはない。

私は、二度目の彼には怒っていないのよ。

そして、二度目の世界の私と、あのレグルス王は幸せになったはず。

嫌う理由などない。なら、その思い出は綺麗なままで構わないと思ったの。

「リュジーは、私に……その。言うこととか、言いたいこととか、ないの？」

「……」

今の私、面倒くさい女かしら。

命からがら助けてもらっておいて。そうよ。私は九死に一生を得たばかり。

大事なことは、彼の献身、彼が私の命を救ってくれたことなのに。

「……ごめんなさい」

「なぜ、謝る？」

「だって。今、私、すごくわがままを言ってるなって思ったの。リュジーは今までの自分を捨てまで、私のことを助けてくれたのに」

彼には恩がある。報いたいと思える恩が。

……それは私が感じる愛情よりも強いものかしら。分からない。

命を助けられたことで胸がときめき、その感動を恋だと勘違いしているのかしら。

「キーラ」

「ん……」

「わがままぐらい言っていい。どうせ可愛らしいわがままだろう？　そんなに悩むぐらいなら」

「そう思うの？」

「キーラは、思い切りよくわがままを言う時は、もっと吹っ切れているだろう」

「……なぁに、それ」

「デカい決断をするお前は、そんなに予防線を張らないさ。なにせ悪魔の手を取った悪女だ」

「……」

「大胆なことをしでかす時のキーラは、もっと格好いい。さまになっている」

「な、何を……」

褒めたって何も出ないのに。

「そういうキーラが、俺は好きだ」

「～～～～！」

ま、まっすぐにそんなことを言うなんて。

悪魔の愛情表現ってストレートなのかしら。

「キーラ」

「うん」

彼の左手が、私の頬に添えられる。

翡翠色の瞳が、まっすぐに私を見つめた。すぐ近くに彼の顔がある……。

「んっ……」

自然と、彼の顔が近付いてきて。そして、唇に浅く、彼の唇が触れる。

「ん……」

当たり前のように、キスをする私たち。

（ああ、私はもう、彼と恋人同士なのね……）

幸福感を胸の内に満たしながら、少しズレた考えが浮かんできて。

「はぁ……」

ゆっくりと唇を離して、ゆっくりと息を吐いたわ。

「キーラ」

「……リュジー」

互いの瞳を見つめ合い、そこに情熱があることを確認したの。

「……ふふっ」

「どうした？」

「なんだかおかしいわ」

「おかしい？」

「うん。だって、私、リュジーの『顔』を見たのは、ついさっきなのに」

それなのに、もう私は。

「貴方の顔を、愛しい人の顔だと思っているの。これって変よね？」

ずっと想い続けていた人の顔ではない。

心は、きっと溶かされていたし、彼に惚れるだけの理由もあったけれど。

それでも、愛しているって確信できるの。おかしい。

私は、彼の何が好きなの？　どこを愛しているの？

レグルス王へ向けていた気持ちと、それはどう違うの？

「あふれるような気持ちがあるの。だけど、誰かに決められたような、歪んだ気持ちも残ってる」

「……ああ」

「ねぇ、リュジー。きっと貴方は私を愛してくれているけれど」

だけど、そうだとしても。

「私は、貴方を愛していると思う？」

「……思うさ」

「本当に？」

「ああ。だって」

と。リュジーは、また私の頬に手を添えて。

「あっ……」

再びキスをしたの。

「ん、……ちゅ……」

唇を重ねる。幼いキス。口を離して、息をして。また重ねる。

次第に舌まで入れられた。

「んん……！」

ゾクゾクと快感が背筋を伝わり、頭の中を、脳を少し焼いて。

彼に与えられる悦びは、どこまでも甘く、愛おしい。

「ちゅ、ん……ん」

リュジーは何度も、何度も私にキスを繰り返す。

それは肉欲を目的とした行為ではなかった。

彼の、男性の肉体は熱くも、穏やかなままで。

ただ、ただ、情熱的なキスを繰り返される。

優しく、愛おしく。激しく、情熱的なキスの繰り返し。

それでも、その行為は、私たちが男女の仲であると確かめるのに十分過ぎるほどだったの。

「ちゅ、……はぁ……はぁ……」

しばらく唇を重ねるキスと、舌を交わらせるキスを繰り返して。

ようやく少しの休憩をするように、彼はキスの嵐を止めたわ。

「はぁ……はぁ……」

顔が熱い。きっと赤くなっているでしょう。

身体中が火照っていて。もどかしくて、足を何度も組み替えて。

「はぁ……リュジー……」

火が点いていた。パチパチと穏やかに燃えている。

それは一晩、ずっと続いてもおかしくない炎で。

雨と激流の川で濡れた身体を、炎が温めてくれていた。

「キーラ」

「あ……」

彼に名前を呼ばれた。それだけで胸の奥に歓喜が巻き起こる。

熱くなった身体。衣服を着ていない私。

そうして雨に濡れている私……。

ドキドキと胸が高鳴っている。

一線を、きっと踏み越えるのだという予測が、頭の中に冷静に組み立てられていく。

（……いいの。これでいいのよ）

嫌悪感はない。恐怖感も……なかった。

運命というのなら、これこそが運命だと胸の高鳴りが教えてくれている。

心がまず受け入れ、次に身体の準備が整えられていく。

小屋の中で二人きり。邪魔をする者は誰もいない。

障害は、外にも中にも、何もない。

「……こんなふうにしても、キーラは俺を拒絶しない。それが愛しているってことだろう？」

「……え？」

と。私の中に膨らんだ期待とは、まったく違った言葉を彼は言ったの。

身体の反応を置いていかれた心が、疑問符を浮かべる。

「キーラはもう、嫌なことは嫌だとはっきり言える強さがある」

「え、う、うん……」

「だから、本気で嫌がっていたなら、今だってもっと抵抗していたはずだ。そうだろう？」

「まぁ……その、そうね……？」

「それでもキーラはこうして俺を突き飛ばさなかった。なら、それは愛だ」

「うん……そうかも、だわ？」

「だからキーラはもう俺を愛している」

「うん。うん……。それは、そうなのだけど」

その気持ちの確認は、もうキスの嵐の中で済ませたというか。

……今、その気持ちの確認の『先』に進む段階まで行かなかったかしら？

行ったわよね？　愛している。愛されている。うん、じゃあ、次。

……そのぐらいのラインは越えていなかったかしら？

超えていたわよね??　もっとキス以外に、こう、始まる雰囲気じゃなかった??

ボヤァ、と火照っていた頭の中に、ちょっと冷たい水をかけられた感じ。

脳のなかに焼けた石があって、さっきまでいかにも『炎を出すぞ』と熱を帯びていたのに。

そこにピシャリと水をかけられたの。

なんだか温まった水が、湯気になって噴き出し、暴れたい、そんな気持ちだわ。

「リュジー」

「ああ」

「……貴方は、私の気持ちの証明のためにキスをしたの？」

「そうだな」

「……他には？」

「他？」

……ダメだ。その気がないわ。

彼は、キス以上に進む気がまるでなかった。

(そんなことあるかしら……)

私だって経験はない。男心が分かるなんて言える人生じゃなかった。

でも、こう、その。

それは……ないんじゃないかしら？

(ダメ、ダメ、おかしいわ……ちょっと、私もおかしい)

悪魔のキスは官能的よ。だから、きっと普通のキスじゃなかったの。
それを何度も繰り返されるだけで、どんどん昂《たかぶ》るような、そんな。
「はぁ……」
心は彼を受け入れている。そして、私は彼を愛していると感じている。
彼も私を愛している。そして心の内側に私を置いてくれている。
そこに、悪魔的な身体の反応が加わったせいで、勘違いを起こしただけ、ね。
（冷静に……ならなくちゃ。だけど）
もじもじと私は足を動かす。
十分に身体は熱くなっていたから、もう服を着てもいいくらい。
でもまだ濡れたままで、乾いていないから。だから私は裸のままで、彼のそばにいる。
（少し無様ね、キーラ・ヴィ・シャンディス）
浮かれているのかしら。
きっとそうね。通じ合う愛を、私は楽しんでいるの。
応えてくれる愛を、私は堪能《たんのう》しているわ。
「これから、私たち、結婚……するつもりなのに」
こんなことで、ちゃんとやっていける？

……彼に翻弄《ほんろう》される毎日が思い浮かんだ。そして、それも悪くないと考えている私。そういう夫婦もあるのかしら？　恋人同士のままのような、そんな。

「……ああ、そういうことか」

「え？」

リュジーは、私の呟きを聞いて、何事かを察した様子。

え、なに？　まさか、私がその。期待していたことを見破られた？

それは恥ずかしい。恥ずかし過ぎる。まだ付き合ったばかりだというのに……。

「キーラ」

「は、はい……！」

ドキリとまた心臓が跳ねた。

愛おし気に私を見つめる翡翠色の瞳に惹き込まれる。

「俺と、一生、一緒に生きろ。お前のそばに、ずっと俺をいさせてくれ」

「え……？」

「俺は、それを望んでいる。お前の一番になりたい。お前の隣にずっといたい。他の人間に
……男にキーラを渡したくない。だから、俺を、お前の一部にしてくれ」

「……リュジー」

それは、プロポーズだった。二度目の人生のレグルス様とは違う言葉での。

「……一生、私のそばにいてくれるの？　リュジー」

「ああ。一生、お前のそばにいさせてくれ、キーラ」

「離れない？」

「ああ、離れない」

「……私を、愛してくれる？」

「ああ、キーラを、キーラ・ヴィ・シャンディスを永遠に愛する」

「永遠だなんて」

「嘘だと思うか？　悪魔の言葉だから」

「……ううん。きっと、本当だわ。私は、それを信じている……」

かつて地下牢で、私の無実を彼が信じてくれたみたいに。

崖を飛び降りる時、そう言われたみたいに。

「私はリュジーを信じているもの」

「なら、決まりだな」

「……うん。私たちは、一生、一緒にいるのね」

私の右手と、彼の左手がそっと触れ合い、指を絡み合わせて。

そうして、また。

「ん……」

唇を重ねる。キスを、何度も繰り返す。

もどかしくも、情熱的で。一線を踏み越えずとも、確かに愛し合う私たち。

「ちゅ……ん……」

好きだ、という気持ちがあふれてくる。

愛している、という感情が身体中に満たされていた。

このままでいい。

ずっと、このままでも、私は幸福になれると確信したの。

「キーラ。お前を愛している。……どうか、俺と一緒になってくれ」

「……はい。リュジー。貴方と、一緒になるわ」

そして、私は強く抱き締められた。

愛している。愛されている。きっと、これがそういうことなのね……。


パチパチ。パチパチ、と。

暖炉にくべられた薪が燃えている音が聞こえ。

外では、また雨が降っていて、服はまだ濡れている。

「キーラ」

「うん……。リュジー」

愛おしい人と名前を呼び合う幸福を噛み締めながら。

私たちは、身体を起こし、それでも座ったまま。

隣り合って座り、私は肩を抱かれて。

まだ私は裸のままだったけれど、彼にピタリと寄り添い、身を預けて。

寄り添い合って座る、その姿勢のまま一枚の布だけで二人の身体を覆って。

「これから先の未来で、どんなことが起きたとしても」

「……うん」

「俺は、お前を離すことはしない。永遠に、お前への愛を貫こう」

「……うん。きっと、そうしてね。リュジー」

「ああ。俺の愛した『悪女』様」

「ふふ」

悪魔の愛を得るなんて、きっと私は……希代の悪女だわ。

あとがき

このたびは『人生をやり直した令嬢は、やり直しをやり直す。』を手に取っていただき、誠にありがとうございます。ＷＥＢ版からの読者様も誠に感謝しております。本当に。

この作品は、時間を逆行した主人公キーラの目線で書かれた物語。

不幸な目に遭った主人公が、時間を逆行し、二度目の人生を歩み始め、最初の人生での経験を元にハッピーエンドに辿り着く……という物語の、一つの『アンチテーゼ』でもあります。

読者も触れてきたであろう、このパターンの物語は、主人公は最初に、不遇の『死』を迎えてしまうパターンが多いのでは、と思います。だから二度目の人生が始まるのは仕方ないこと。だって取り返しがつかないのだから。新しい世界では、不幸になったはずの人を救う可能性もありますね。その話の流れに『納得』することも多いんです。ですが。

理不尽な処遇、不当な冤罪によって不幸に見舞われた主人公。最初の人生でそれらを行ってきた人物達……。彼等に『二度目の人生』で痛い目を見せても。あるいは『二度目の人生』で心を通じ合わせても……『最初の人生』で主人公がされたことは消えていないんじゃないか。

そして何よりも『最初の人生』で主人公が重ねてきた努力、苦しみ、苦労、不当な処遇……それらを誰からも謝られてはいないんじゃないか。

『最初の人生』の主人公の名誉、誇り、言ってしまえば『人生』は否定されたままでは？

……そんな風に『モヤモヤ』とした気持ちを私は抱えていました。

そう。たとえ『主人公が』納得していたとしても。彼女が許し、彼女がこれでいいと思い。

たとえ最初の人生で彼女を処刑した人物だったとしても。愛する人だから受け入れる。

そんな物語を『私が』納得できなかったのです。主人公ではなく、それを見ていた私が。

それが、この物語を書いた、読者であった作者の『動機』でした。

一度目の人生で、冤罪なり何なりで彼女を処刑に追いやった男、主人公が愛した男。

二度目の人生で、手の平を返した『彼』は、主人公がかつて望んだように愛してくれます。

そして二人は結ばれて物語はハッピーエンド……。

『それ』でいいのか？　納得できるのか。最初の人生で理不尽を強いた『奴』は何も反省なんてしていない。謝っていない。償っていないじゃないか。と。

はい。なので、この物語の主人公キーラには『最初の人生』へと戻っていただきました。

まだ彼女の目的は半ば。『最初の人生』に戻ってきた、その選択で本当に良かったのか。

その選択を後悔することはないのか。そして、その『愛』に今度こそ決着をつけられるのか。

キーラの未来を見守っていただけますと幸いです。

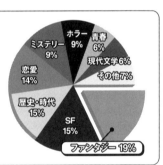

ツギクルブックス

愛読者アンケートに回答してカバーイラストをダウンロード！


愛読者アンケートや本書に関するご意見、川崎悠先生、キャナリーヌ先生へのファンレターは、下記のURLまたは右のQRコードよりアクセスしてください。

アンケートにご回答いただくとカバーイラストの画像データがダウンロードできますので、壁紙などでご使用ください。

https://books.tugikuru.jp/q/202311/yarinaoshireijo.html

本書は、「小説家になろう」（https://syosetu.com/）に掲載された作品を加筆・改稿のうえ書籍化したものです。

人生《じんせい》をやり直《なお》した令嬢《れいじょう》は、やり直《なお》しをやり直《なお》す。

2023年11月25日　初版第1刷発行

著者　川崎悠《かわさきゆう》

発行人　宇草 亮
発行所　ツギクル株式会社
〒106-0032　東京都港区六本木2-4-5
TEL 03-5549-1184
発売元　SBクリエイティブ株式会社
〒106-0032　東京都港区六本木2-4-5
TEL 03-5549-1201

イラスト　キャナリーヌ
装丁　株式会社エストール

印刷・製本　中央精版印刷株式会社

ISBN978-4-8156-2360-9
Printed in Japan